Silvia Gillardon

Die Villa der Signora - Italienroman - edition liguris

Ein spannender Liebesroman für Italienliebhaber, die fasziniert sind von der Schönheit der Blumenriviera und der charmanten, oft etwas chaotischen Italianità.

Nach einem schweren Schicksalsschlag bekommt die sensible Journalistin Alessandra Janssen den Auftrag, an der ligurischen Küste eine Biografie über den exaltierten Maler Enrico Spina zu verfassen. Dort freundet sie sich an mit der faszinierenden Immobiliare Bianca Sposato und deren Familie. Bei einem gefährlichen Langstrecken-Schwimmabenteuer kommt sie Biancas Bruder, dem attraktiven Hotelier Flavio, näher als geplant. Verliebt beschließt sie, an der Blumenriviera einen Neuanfang zu wagen und ihm bei der Suche nach einer romantischen Villa am Meer zu helfen. Doch dann bringt der schreckliche Fenstersturz des Kunstmalers alle Pläne durcheinander. Und auch Flavio ist plötzlich nicht mehr erreichbar.

Die Schweizer Autorin Silvia Gillardon lebt am Zürichsee und seit mehreren Jahren auch an der ligurischen Küste. Als Kennerin der eleganten Blumenriviera, des romantischen Hinterlands und seiner herzlichen Bewohnerinnen und Bewohner wählt sie als Schauplatz in ihren Romanen immer wieder die von ihr geliebte Gegend.

bisher erschienen:
Der Zweitliebste (Ullstein) und Hotel Tropical (Ullstein),
Die Frau im Glashaus (Liguris)
Josefines Flugstunden und Schwimmstunden

www.dasbu.ch

Silvia Gillardon

Die Villa der Signora

Italienroman

edition liguris

Impressum ;

Bibliografische Information der Deutschen Nationalbibliothek: Die Deutsche Nationalbibliothek verzeichnet diese Publikation in der Deutschen Nationalbibliografie; detaillierte bibliografische Daten sind im Internet über http://dnb.dnb.de abrufbar.

© 2020 Gillardon, Silvia, edition liguris, CH 8712 Stäfa
Herstellung und Verlag: BoD – Books on Demand, Norderstedt
ISBN: 9783751976497

Die Handlungen in diesem Roman sind frei erfunden. Ähnlichkeiten mit lebenden Personen oder Schauplätzen sind zufällig.

Mein herzlicher Dank geht an Martina Wimmershoff für das kompetente Lektorat, an Beatrice Schmid, Olaf Dittmann und meine beiden Töchter Andrea und Claudia Gillardon für die konstruktiven Anregungen, und an mein geliebtes Ligurien für die bunten Inspirationen.

Der Auftrag

Alessandra war auf der Hut. Wenn der Galerist Lorenz Tillmann sie zu einem „bescheidenen Lunch" einlud, plante er mehr, als nur in ihre grünen Augen zu schauen. Misstrauisch betrat sie das elegante Fischereihafenrestaurant in Altona. Der Besitzer begrüßte sie euphorisch und führte sie zu einem Tisch, an dem Lorenz mit einem auffallenden Mann in ein Gespräch vertieft war. Der ganz in Schwarz gekleidete Riese kam ihr bekannt vor. Wo nur hatte sie diesen zerzausten Haarschopf, diesen stechenden Blick und die protzigen, schweren Goldklunker schon einmal gesehen?

„Tesoro!", rief Lorenz. Er erhob sich und begrüßte sie mit einem verführerischen Lächeln. „Ich hoffe, es stört dich nicht, dass ich meinen Patienten gleich mitgebracht habe zu unserem Treffen!"

Patienten?

Als sich der „Patient" schwerfällig ebenfalls erhob und sich zu einem Hünen von Mann entfaltete, fiel es Alessandra endlich ein: Natürlich! „Enrico Spina?", fragte sie überflüssigerweise, und Lorenz klopfte dem Giganten triumphierend auf die Schulter: „Glaubst du mir jetzt? Meine Freundin versteht etwas von Kunst. Sie ist die Richtige für unser Projekt!"

Genervt starrte Alessandra auf das träge dahinströmende, grüngraue Elbwasser, während die beiden Männer genüsslich ihre Sylt Royal Austern schlürften. Sie mochte keine Austern. Und sie mochte keine Leute, die etwas anderes zu sein vorgaben, als sie waren. Enrico Spina war sicher ein genialer Maler. Aber das hätte er unter seinem bürgerlichen deutschen Namen Heinrich Dorn genauso sein können. Auch ohne die Goldketten und den demonstrativ mit Farbe verfleckten, schwarzen Overall. Lorenz wusste doch genau, dass sie das affektierte Künstlergehabe einiger seiner Schützlinge nicht ausstehen konnte.

Das Angebot, das Lorenz ihr eben unterbreitet hatte, war sicher ein netter Vertrauensbeweis. Aber warum sollte ausgerechnet sie diesen gespreizten Maler an die Riviera begleiten, um den biografischen Teil des edlen Katalogs über sein Schaffen zu verfassen? Schließlich war sie Journalistin und keine Schönfärberin. Und auch wenn sie ursprünglich Kunstgeschichte studiert hatte – sie konnte mit der gestelzten Schreibweise, die ihr aus gewissen Künstlerbiografien vertraut waren, nichts anfangen. Und dass dieser Enrico Spina etwas Bescheidenes erwartete, war kaum anzunehmen. Geistesabwesend löffelte sie ihr Ingwersüppchen aus.

„Begeistert scheinst du nicht zu sein", unterbrach der Maler, der bisher noch keinen einzigen Satz direkt an sie gerichtet hatte, ihre Gedanken.

„Natürlich bist du das. Nicht wahr, Tesoro?", mischte sich Lorenz hastig ein und starrte sie eindringlich an. Tesoro! Mit diesem Kosenamen, dem italienischen Wort für Schatz, neckte er sie als Halbitalienerin seit Jahren. „Du liebst doch Italien über alles. Und die Riviera ist perfekt! Eine pittoreske Küste, üppige Vegetation, wundervolles Essen ..." Er zog sämtliche Register.

„Das klingt ja alles verlockend", räumte Alessandra ein. „Aber Enricos Aufenthalt als Gast im Atelier der Fondazione Azzurra dauert ein ganzes Jahr. Und du weißt, ich habe noch andere Verpflichtungen." Und ich will nicht für einen eingebildeten Riesen Babysitter spielen, verkniff sie sich, zu sagen.

„Tesoro, wir reden doch nicht von einem ganzen Jahr. Natürlich wäre es wunderbar, wenn du Enrico mit deinen perfekten Italienischkenntnissen etwas beistehen könntest, denn sein Italienisch ist trotz seines Künstlernamens eher bescheiden. Doch das wäre nur ein willkommener Nebeneffekt, und dies höchstens für den Anfang. Sobald du deine Notizen im Kasten hast, kannst du jederzeit zu uns in den kalten Norden zurückkehren. Wenn du das dann noch willst“, fügte er hinzu und zwinkerte vieldeutig.

Enrico Spina erhob sich ächzend. „Sorry, aber ich brauche jetzt etwas Nikotin“, murmelte er und ging hinaus.

„Was ist bloß los mit dir?“ Lorenz nahm Alessandras Hände in die seinen und sah sie eindringlich an. „Ich verstehe deine Ablehnung nicht. Enrico ist doch ein wahnsinnig genialer Maler, und ich weiß, dass dir seine Bilder gefallen. Es ist genau deine bevorzugte Kunstrichtung. Expressive, dynamische Gesten auf riesigen Formaten. Über einen so unglaublich erfolgreichen Künstler eine Biografie zu verfassen, das wäre doch eine tolle Referenz.“

Alessandra entzog ihm ihre Hände und rieb sich nachdenklich das Kinn. „Natürlich gefallen mir seine Bilder. Aber manchmal wäre es ratsamer, bei gewissen Werken dem Künstler, der dahintersteht, nicht persönlich zu begegnen.“

„Du magst ihn nicht?“

„Sagen wir, ich kann mir nicht vorstellen, es mit so einem Narzissten länger als einen Tag auszuhalten.“

„Hey, du bist doch sonst nicht so intolerant!“, protestierte Lorenz. „Zugegeben, auf den ersten Blick ist Enrico sicher kein

Sympathieträger. Aber seit ich seine Lebensgeschichte kenne, denke ich ein bisschen anders über ihn."

„Ich verstehe. Als sein Galerist musst du dich natürlich positiv zu ihm einstellen."

Lorenz schüttelte verärgert den Kopf. „Du solltest mich besser kennen! Hätte Enrico keine positiven Qualitäten, hätte ich sicher nicht meiner besten Freundin vorgeschlagen, seine Biografie zu verfassen."

„Sorry! Ich wollte dich nicht beleidigen."

„Schon ok. Ich hatte einfach überlegt, dass dir in deiner jetzigen Situation so eine Ablenkung willkommen wäre."

Alessandra seufzte. „Das Meer ist nicht unbedingt dazu geeignet, mich zu trösten, wie du weißt. Aber lassen wir das. Ich höre dir einfach mal zu."

Lorenz beugte sich vor und redete leise, aber eindringlich: „Pass auf: Enrico ist äußerst klug, belesen und engagiert sich selbstlos für Nachwuchskünstler. Du kannst mit ihm faszinierende philosophische Gespräche führen. Leider bekam er nach seiner Scheidung ein schweres Alkoholproblem, das er jetzt bewältigt hat. Lass dich von seiner robusten Erscheinung nicht darüber hinwegtäuschen, dass er hochsensibel ist. Sollte er wieder in eine Schaffenskrise fallen, wäre dies katastrophal. Nicht nur für seine Karriere und die riesige Ausstellung, die ich für ihn in der Kunsthalle organisiert habe. Ich habe sämtliche Beziehungen spielen lassen, damit die Fondazione Azzurra eingewilligt hat, ihm das geniale Atelier zu überlassen. Weil ich einfach überzeugt davon bin, dass so ein Ortswechsel heilsam wäre für ihn. Und inspirierend", fügte er lächelnd hinzu.

„Das ist mir klar. Aber ich kann doch nicht Babysitter spielen für jemanden, den ich kaum kenne," wandte Alessandra ein.

„Das brauchst du auch nicht. Du musst nicht einmal am gleichen Ort wohnen. Miete für dich und für deinen süßen Happy-Hund ein feudales Hotelzimmer oder eine gemütliche Ferienwohnung an einem attraktiven Ort in der Nähe des Ateliers. Es reicht, wenn du Enrico anfangs täglich besuchst und interviewst."

„Interviewst?"

Lorenz wiegte seinen Kopf hin und her. „Ich habe mir vorgestellt, dass du mit ihm über verschiedenste Themen redest. Sein Leben, seine Techniken, seine Botschaften, seine Entwicklungsschritte. Deine absolute Stärke ist es doch, einem Menschen genau zuzuhören und dann das Wesentliche heraus zu kristallisieren. Stil und Umfang deiner Beiträge bleiben natürlich ganz dir überlassen. Ich weiß, wie großartig du bist. Und du weißt, dass ich bei Honorarfragen ebenfalls großartig bin. Sag doch einfach mal ja; dann finden wir für alles Weitere eine Lösung."

Enrico Spina schlängelte sich elegant zwischen den Tischen hindurch zurück an seinen Platz. „Ich habe schon befürchtet, ich hätte den legendären Nordsee-Steinbutt verpasst!" Erleichtert ließ er sich auf seinen Sessel sinken. Dann schaute er Alessandra erwartungsvoll in die Augen. „Und? Wie ist das Urteil ausgefallen? Bin ich begnadigt?"

Sie nickte leise.

„Ich liebe dich!", rief er so laut, dass alle Gäste sich vorwurfsvoll nach ihnen umsahen. Dann streckte er ihr seine mit schweren

Goldringen verzierte Rechte entgegen. „Wir werden uns gut vertragen und uns ein feines Leben leisten dort unten, Signora. Jeden Tag nur Amarone und Spaghetti. Einverstanden?"

Lorenzo zwinkerte ihr verschwörerisch zu.

Alessandra schlug ein. Was für ein Kindskopf! Aber vielleicht war dieser Enrico Spina ja tatsächlich nicht so unsympathisch? „Spaghetti, das klingt perfekt", lächelte sie. „Einverstanden!"

Die Ankunft

Alessandra war erschöpft. Obwohl sie in der Schweiz auf halber Strecke übernachtet hatten - die tausendvierhundert Kilometer gingen ganz gewaltig in die Knochen. Während der ganzen Reise hatte sie hinter dem Steuer gesessen, denn Enrico hatte sich geweigert, ihren Fiat zu fahren.

Immerhin hatte er sich aber in rührender Weise um ihren aufgeregten Hund gekümmert und Happy mit verschiedenen Leckerli bei Laune gehalten. Dass ihre beiden Passagiere dann wenigstens am zweiten Reisetag vorwiegend geschlafen hatten, dafür war sie dankbar. So konnte sie in Ruhe ihren Gedanken nachhängen.

Seit sie in Chiasso die Grenze passiert hatten, schlug ihr Herz italienisch. Und beim Anblick der weiten, kargen Poebene mit den brachliegenden Reisfeldern und den malerischen, knorrigen Weidenbäumen hätte sie am liebsten laut gejubelt.

Kurz vor Genua tauchte es dann endlich am Horizont auf, das azurblaue Meer. Was für ein traumhafter Anblick! Und dennoch war es ausgerechnet dieses Element, das von ihr so geliebte Wasser, welches ihr den wichtigsten Menschen genommen hatte. Das ihr Leben mit einem Schlag aus den Fugen gerissen hatte. Sven! schrie es verzweifelt in ihr. Warum hast du mich allein gelassen?

In den zwei Jahren seit dem Unglück war der Schmerz kaum kleiner geworden. Immer wieder sah sie das geliebte Gesicht. Die bernsteinfarbenen Augen mit den feinen Lachfältchen und dem

11

wachen, forschenden Blick. Das übermütige Lachen, wenn er sie überholt hatte beim Schwimmen.

Und dann dieses andere Bild, das sich darüber schob. Svens totenblasses Gesicht. Die aufgeregten Menschen, die sie umringten, schrien. Die verzweifelten Wiederbelebungsversuche. Herzmassage, Mund-zu-Mund-Beatmung. Als endlich die Rettungsmannschaft mit dem Defibrillator kam, war es zu spät. Und sie sah sich selbst, wie sie hilflos und verzweifelt neben ihm kniete.

Niemand konnte es begreifen. „Dein Mann, er war doch so sportlich, durchtrainiert und fit. So kräftig."

Kräftig? Sie lachte trocken auf. Seine Muskeln waren vielleicht kräftig gewesen. Aber sein Herz? An sein Herz hatten sie beide nie einen Gedanken verschwendet. Wozu auch? Es schlug einfach, so wie alle anderen Herzen auch. Und dieses Schwimmen, jahraus jahrein, auch bei Eiseskälte, diese gemeinsame Leidenschaft, das war doch gesund gewesen! Ja, das hatte doch sogar die Abwehrkräfte gestärkt!

Sven war es gewesen, der sie als begeisterte Schwimmerin damals überredet hatte, auch in der kalten Jahreszeit mitzumachen. „Das Rezept der Eisschwimmer ist ganz simpel. Man darf Ende Sommer einfach nicht mit schwimmen aufhören. Das Wasser wird zwar jeden Tag kälter, aber der Körper gewöhnt sich daran. Und wenn du dich überwunden hast, dann steigst du hinterher mit phantastisch klarem Kopf aus dem Wasser", so hatte er ihr seinen Lieblingssport schmackhaft gemacht. „Aus der Komfortzone ausbrechen" hatte er es genannt. Und bald hatte auch sie die Faszination entdeckt, wenn sie hintereinander durch das eiskalte

Wasser kraulten. Und wie er, so war auch sie schnell süchtig geworden nach diesem Adrenalinkick.

Beide hatten nichts geahnt von Svens Herzinfarktrisiko. Wussten nicht, dass sich die Blutgefäße im Herzen einschnüren konnten bei einem Kälteschock.

„Sven hätte sich einen solchen Tod gewünscht", hatte Lorenz sie nach diesem schrecklichen Ereignis getröstet. „Er hatte keine Schmerzen. Und seit er dich, seine Traumfrau, gefunden hatte, war er endlich glücklich. Und glaube mir, ich habe andere Zeiten mit meinem besten Freund erlebt."

Mit wie vielen weisen Sätzen hatte man versucht, ihren unendlichen Schmerz zu lindern. Dass man lernen müsse, zu akzeptieren. Dass die letzte Stunde vorbestimmt sei. Dass Sven ihr auf einer anderen Ebene weiterhin nahe bleibe. Dass das Leben weiterging.

Natürlich ging das Leben weiter. Die Frage war: Wie? Alessandra vermochte sich kaum daran zu erinnern, wie sie die ersten Monate nach Svens Tod überstanden hatte.

Wie in Trance hatte sie das verwunschene kleine Haus in Husum geräumt und Svens Restaurationswerkstatt liquidiert. Dann war sie nach Hamburg in die elterliche Wohnung zurückgekehrt.

Ihre Eltern, Klaas und Matilda Janssen, hatten sich nach ihrer Pensionierung einen alten Traum erfüllt und waren definitiv in ihr geliebtes romantisches Reetdachhäuschen in Nieblum auf der Insel Föhr gezogen. In ihrer alten, riesigen Hamburger Wohnung im eleganten Stadtteil Eppendorf hatte es sich daraufhin Alessandras jüngere Schwester Ottavia gemütlich eingerichtet.

„Zieh doch einfach zu mir!", hatte diese angeboten, als sie Alessandra nach Svens Beerdigung liebevoll in die Arme geschlossen hatte. „In Hamburg kommst du auf andere Gedanken. Die Wohnung ist dir seit der Kindheit vertraut und bietet mehr als genug Platz für uns zwei. Die Decke wird dir schon nicht auf den Kopf fallen! Schließlich sind wir beide pflegeleicht und werden wie früher problemlos miteinander auskommen. Und die Hälfte des Appartements wird dir sowieso mal gehören."

Traurig schaute Alessandra aufs Meer. Geld! Die Wohnung mochte inzwischen ein Vermögen wert sein. Aber was bedeutete das schon? Was würde sie dafür gegeben, wenn Sven noch bei ihr wäre! Was hatte sie bloß in diesem Ligurien verloren? Weshalb hatte sie sich nur überreden lassen, hierher zu fahren?

Durch den Spalt zwischen den Vordersitzen drängte sich eine warme, feuchte Hundeschnauze und stupste ihre Hand an. Sie warf einen kurzen Blick nach hinten in die treuherzigen, braunen Augen und seufzte. „Du hast ja recht, mein Kleiner. Lassen wir die trüben Gedanken. Wir werden es uns so gemütlich wie möglich einrichten. In einer Stunde sind wir da."

Am Ende des ersten Tunnels klappte sie hastig die Sonnenblende herunter. Die Abendsonne stand schon so tief, dass ihre Strahlen waagrecht durch die Frontscheibe fielen. Es war mühsam, den Straßenverlauf weit genug im Voraus zu erkennen, und die engen Kurven forderte ihre ganze Aufmerksamkeit.

„Diese Wahnsinnigen sehen doch auch nicht weiter als wir!"
Enrico war aufgewacht und rieb sich die Augen. „Aber das hindert
diese Lebensmüden nicht daran, zu überholen!"

Alessandra zuckte mit den Schultern. „Man kann nie wissen, was
gewisse Menschen antreibt. Aber schau mal: Dort vorne, vor
Alassio, da erkennt man schon die Insel Gallinara."

„Du kennst dich hier aus?", staunte Enrico.

„Das ist eine Déformation professionelle. Ich muss mich stets
gründlich informieren, bevor ich irgendwohin fahre. Sorry."

„Du brauchst dich nicht zu entschuldigen. Ich werde schamlos
davon profitieren", grinste Enrico und lehnte sich wohlig zurück.

Alessandra blinzelte. Dieses zauberhafte Küstenstädtchen am
Abhang war bestimmt Cervo. „Dort drüben finden im Sommer die
berühmten internationalen Kammerkonzerte statt. Brahms oder
Chopin, mitten im Städtchen, auf der Piazza, zu Füssen der
Barockkirche, das möchte ich einmal miterleben!"

„Dann musst du halt bis zum Sommer ausharren! An mir soll's
nicht liegen."

Für seine Verhältnisse kam dies schon fast einer Liebeserklärung
gleich. Amüsiert beobachtete Alessandra, wie Enrico mit einem
Leckerli einen neuen Bestechungsversuch bei ihrem Hund landete.

„Pfui Teufel! Das ist ja ein Industriekaff!", schimpfte Enrico, als
sich kurz vor der Autobahnausfahrt ein erster Ausblick auf ihren
Zielort, die Stadt Imperia, eröffnete.

„Du kannst dich beruhigen! Die drei Hochkamine dort unten
am Hafen sind historische Überbleibsel und schon lange nur noch
Dekoration. Und die einzige Großindustrie, die es hier gab, war die

älteste Pastafabrik Italiens, die berühmte Agnesi. Vor sechs Jahren wurde hier leider die letzte Nudel fabriziert."

„So schade. Dabei sind wir extra der Spaghetti wegen hergekommen!"

„Sie haben ihr Ziel erreicht", meldete das GPS. Der Eingang zu Enricos Haus, dem Gastatelier der Fondazione Azzurra, lag an einer sehr engen, stark befahrenen Einbahnstraße.

Alessandra fuhr mit ihrem Fiat so nah wie möglich an die Hausmauer, und Enrico zog trotz des wilden Gehupes seelenruhig sein Handgepäck aus dem Kofferraum. „Ich geh schon einmal hoch und inspiziere dieses Wunderatelier. Der Lieferwagen mit meinem Material kommt ja erst übermorgen." Er beugte sich durchs Seitenfenster. „Am besten wird sein, wenn du gleich zu deinem Hotel weiterfährst. Wie heißt schon wieder das Restaurant, in dem wir uns heute Abend treffen?"

„Es liegt direkt unter deinem Atelierfenster, an der Calata Cuneo, dem großen Fischerhafen. Und es heißt: Il tempo perduto," schrie sie ungeduldig. Diese verfluchte Huperei war ja nicht auszuhalten!

„Und das bedeutet?" Der Mann hatte Nerven!

„Die verlorene Zeit!" Wütend drückte sie ebenfalls auf die Hupe. Dann trat sie aufs Gas.

Fasziniert beobachtete Alessandra, wie die orange glühende Kugel langsam aus dem petrolfarbenen Wasser stieg.

Eingekuschelt in eine warme Decke saß sie auf ihrem Balkon im obersten Stock des Hotels Corallo. Täglich das Gleiche, aber immer anders, dachte sie. Dies hier war der zwölfte Sonnenaufgang. Seitdem sie hier war, hatte sie noch keinen einzigen verpasst.

Ihr Blick wanderte die noch menschenleere lange Mole entlang und über den markanten Leuchtturm hinweg bis zum Horizont. Dann schaute sie hinunter zur Marina, der kleinen Bucht, wo der Sandstrand lag. Der weiß schäumende Saum der sanften Wellen verlief eigentlich immer auf der gleichen Linie. Als bestünde ein ungeschriebenes Gesetz: Bis hierher und nicht weiter.

Happys diskretes Jammern erinnerte sie daran, dass es Zeit war, ihn zu füttern.

Während der kleine Hund schmatzend seinen Napf durchs Zimmer schob, fischte sie die große Papiertüte aus dem Schrank und zog den brandneuen, türkisfarbenen Neoprenanzug aus der Tüte. Gestern hatte sie sich entschieden, ihren Lieblingssport wieder aufzunehmen. Trotz aller belastenden Erinnerungen.

Hastig schlüpfte sie in den wasserabweisenden und wärmenden Anzug und zog mit den langen Zippbändern energisch den Rückenreißverschluss hoch. Dann trat sie vor den Spiegel. Wie dünn und blass sie war! Die hohen Wangenknochen stachen hervor und verliehen ihrem blassen Gesicht etwas Strenges. „Wären deine lustigen Sommersprossen nicht, man bekäme direkt Angst vor dir", hatte Ottavia beim gemeinsamen Abschiedsessen besorgt gesagt. „Die Wochen im Süden werden dir hoffentlich gut tun."

Alessandra zog ihrem Spiegelbild eine Grimasse und schloss den Klettverschluss des Stehkragens. Das dicke, elastische Material roch eklig nach Kunststoff und fühlte sich unangenehm an auf der Haut. Aber es führte kein Weg daran vorbei. Sie musste vernünftig sein und sich in Zukunft vor der Kälte schützen. Auf jeden Fall, wenn sie ihrer Leidenschaft gefahrlos weiter nachgehen und auch zu dieser Jahreszeit wieder schwimmen wollte. Und schwimmen, das musste sie.

Lange kauerte Alessandra am Ufer, die Arme um die Knie geschlungen. Sie meditierte. Konzentrierte sich, atmete langsam ein und aus. Dann erhob sie sich entschlossen, schüttelte ihre Arme, stülpte sich die Schwimmkappe über und stopfte die langen, roten Haarsträhnen hinein. Vorsichtig setzte sie einen Fuß ins kalte Nass.

Es ist in Ordnung, hatte ihr Sven im stillen Dialog zu verstehen gegeben. Dies ist unser Element. Sie ließ sich hineingleiten und spürte, wie das kühle Wasser sie umspülte. Für einen Moment schloss sie die Augen, holte tief Luft. Es war herrlich.

Es war wichtig, dass sie sich endlich wieder ins Wasser gewagt hatte. Hätte sie länger zugewartet, sie hätte sich bestimmt nie mehr dazu aufraffen können. Es war wie mit dem Autofahren nach einem Verkehrsunfall. Wer sich nicht gleich wieder ans Steuer wagte, der war verloren. Das gebrannte Kind musste die Angst vor dem Feuer überwinden.

Sie warf sich herum und tauchte unter, hielt den Atem an. Es ist gar nicht so leise unter Wasser, wie die Menschen meinen, überlegte sie, als sie all die Geräusche wahrnahm. Dieses Klopfen, Brummen und Heulen.

Aber sie wollte ja nicht denken, verflucht! Sie musste versuchen, ganz im Hier und Jetzt zu bleiben. Dann kraulte sie los. Es gab kein Halten mehr.

Es ist wie immer, dachte sie, als sie endlich wieder den Widerstand des Wassers und ihre unbändige Kraft spürte. Es ist ein wunderschönes Spiel. Darin waren sie sich einig, sie und das Wasser. Dieses Schwimmen war eine Reinigung. Eine Befreiung von belastenden Gedanken, von Fragen nach dem Warum und Wozu. Wenn Alessandra schwamm, befand sie sich absolut im Hier und Jetzt. Es fühlte sich richtig an. Es war ihr Lebenselixier.

„Und? Wie ist dein erster Schwimmversuch verlaufen?" Enrico deutete mit dem Buttermesser aufs Meer und schauderte theatralisch. „Mich brächten keine zehn Pferde in dieses eiskalte Wasser."

Alessandra nippte wortlos an ihrem Cappuccino. Ihr war klar, dass er keine Antwort erwartete. Amüsiert beobachtete sie, wie dieser kräftige Riese tüchtig zulangte. Als er herausgefunden hatte, dass sie am Morgen keinen Bissen herunterbrachte, hatte er sie ganz pragmatisch gefragt, ob sie ihm jeweils ihr Frühstück überlassen könne. Schließlich sei es im Hotelzimmerpreis inbegriffen. In seinem Atelier würde so ein Service nicht geboten.

Sein Atelier! Noch immer hatte sie dort keinen Fuß über die Schwelle setzen dürfen. Es kam ihr seltsam vor, wie hartnäckig er auswich, wenn sie ihn dort besuchen wollte. An allen möglichen Orten hatte sie nun schon Interviews mit ihm geführt. In Restaurants, bei Spaziergängen dem Meer entlang, im Park der Villa Grock, im MACI, dem Museum für zeitgenössische Kunst in Imperia, in Bars ...

In den Gesprächen hatte er sich als etwas schrullige, aber erstaunlich tiefsinnige Persönlichkeit offenbart. `Des Knaben Schang sein Werdegang`, wie ihr einstiger Chefredakteur über die geschönten Kindheitserinnerungen gewisser Supergenies jeweils gespöttelt hatte, der war bei Enrico jedenfalls interessant und ohne billige Klischees wie `Ich habe schon als Kind immer gemalt`.

Sie kam gut voran mit den ersten zwei Kapiteln, und Lorenz hatte sie mit vielen Werkfotos glücklicherweise umfassend dokumentiert. Aber Fotos waren eben nur Fotos.

„Enrico", sie versuchte, ihrer Stimme einen ruhigen Klang zu geben: „Wann darf ich endlich Originalbilder von dir sehen? Als Biografin muss ich meinem Helden ja ab und zu beim Arbeiten über die Schulter gucken. Deshalb hat mich Lorenz schließlich hergeschickt. Dass die Texte lebendiger werden als nur ein Wiederkäuen von bereits Geschriebenem. Ich muss sehen, womit du dich aktuell beschäftigst."

Er gähnte demonstrativ, lehnte sich mit verschränkten Armen zurück und musterte die Decke. „Hat Lorenz dich aufgehetzt?", fragte er dann unwirsch: „Du kannst ihn beruhigen. Es ist immer so, wenn ich im Arbeitsprozess stecke. Es würde mich völlig aus dem Flow ziehen, wenn mich jetzt jemand stören würde. Ich arbeite wie besessen. Jeden Tag. Doch ich bin, ehrlich gesagt, überhaupt noch nicht bereit für Publikum. Sorry."

„Ich bin aber nicht Publikum. Mich interessieren keine vollendeten Werke. Mein Auftrag lautet, über deinen Schaffensprozess zu schreiben. Das wusstest du von Anfang an. Dazu bin ich schließlich mitgefahren."

„Es irritiert mich aber, wenn mich jemand bespitzelt,"

Alessandra spürte, wie die Wut in ihr hochstieg. Aber sie musste diplomatisch bleiben. „Du wirst mich gar nicht bemerken", versuchte sie ein letztes Mal ihr Glück. „Ich werde mich so still verhalten wie ein Mäuschen."

Grinsend streckte er ihr eine Gabel mit einem aufgespießten Stückchen Käse entgegen. „Hier, Mäuschen!"

Alessandra sprang zornig auf. „In drei Tagen komme ich in dein Atelier!", zischte sie. „Und wenn du dich dann nicht professionell verhältst und mich nicht reinlässt, werde ich die Übung abbrechen. Dann kannst du dir einen anderen Idioten suchen für deine Biografie. Das ist mein voller Ernst." Wütend stapfte sie aus dem Frühstücksraum.

„Nicht in drei Tagen, Mäuschen!", rief er ihr hinterher. „Mach ein bisschen Ferien hier und hör auf mit diesem verdammten Stress. Ich gebe dir Bescheid, wenn ich soweit bin. Irgendwann."

„Lassen wir ihm seine Starallüren!", versuchte Lorenz Alessandra am Telefon zu beruhigen. „Er wird sich bestimmt bald melden! Gönn dir doch bis dann ein paar schöne Tage. Die hast du dringend nötig.

Auf der Wetterkarte habe ich gesehen, dass ihr Traumwetter habt. Genieß es doch. In Imperia gibt es so Vieles zu entdecken. Die herrliche Altstadt von Porto Maurizio, die Einkaufsstraße unter den Bögen und das Olivenmuseum in Oneglia. Oder mach mit deinem Struppi die Gegend unsicher. Besuche in San Remo die berühmte Villa Nobel. Schau dir in Bordighera diesen uralten Riesenkasten an, das legendäre Hotel Angst. Spaziere von romantischen Laigueglia hinüber ins mondäne Alassio. Erkunde die ligurischen Voralpen. Oder verjuble meinetwegen im Casino in Monte Carlo dein Erspartes. Es ist alles nur einen Steinwurf entfernt von Imperia."

„Warst du im früheren Leben mal Reiseführer?", feixte sie.

„Nein. Aber als wir noch in München wohnten, haben meine Eltern mich und meinen Bruder jedes Jahr auf einen Campingplatz in Diano Marina geschleppt. Natürlich mussten wir auf all den obligatorischen Exkursionen der kulturbegeisterten Eltern dabei sein. Erst als Erwachsener habe ich dann bewusst all die wunderschönen Plätze, die sie uns damals gezeigt hatten, nochmals aufgesucht. Damals interessierten uns die einfachen Abenteuer auf dem ´Angolo di sogno´, wie der Platz am Cap Landen heißt, natürlich sehr viel mehr als Kultur", lachte Lorenz. „Wir Jungs waren fasziniert davon, mit was für Wunderkonstruktionen die Camper ihre bescheidenen Wohnwagen aufgemotzt hatten. Es gab Balkone mit Geranien und Gartenzwergen, zweistöckige Villen und sogar richtige Dachterrassen. Vermutlich ist mein Bruder deshalb so erfolgreich mit der Produktion seiner Tinyhouses. Er hat seine schicken Minihäuser in Diano Marina auf Cap Landen abgekupfert."

Dass Lorenz` vornehme Eltern Campingferien gemocht hatten, das erstaunte Alessandra. Die Tillmanns waren doch als steinreiche Unternehmer bekannt!

„Tesoro, du weißt, ich kann dich denken hören! Meine Eltern waren keine Snobs. Sind sie nie gewesen! Denen hat es einfach gefallen in diesem kitschigen, italienischen Paradies. Sven hatte uns übrigens einmal dort besucht, und er war ebenfalls begeistert."

Sven! Alessandra spürte einen Stich in ihrer Brust.

„Sorry, ich wollte dir nicht wehtun, Tesoro!", stammelte Lorenz betreten.

„Schon gut." Aber ihre Stimme klang bitter, als sie fortfuhr: „Es ist doch ein positives Zeichen, dass das Andenken an Sven noch so lebendig ist. Man sagt nicht ohne Grund: Erst wenn die Erinnerung an einen Menschen stirbt, ist dieser wirklich tot."

Lorenz schwieg lange. Dann endlich sagte er leise: „Erfüllst du mir eine Bitte?"

„Jede!"

„Wenn du bei meinem Campingplatz vorbeikommst, dann geh doch bitte so weit wie möglich hinaus auf die Steinmole. Der Punkt dort draußen ist speziell. Du wirst die Magie genau gleich wahrnehmen wie ich. Und kauf dir vorher eine Rose."

„Eine Rose?"

„Ja, eine Rose. Und wenn du ganz außen angekommen bist, dann wirf sie ins Meer. Und denk dabei an die Menschen, die du geliebt hast."

Bianca

Eigentlich war es Happy, der Bianca entdeckt hatte. Vielmehr hatte er Lea aufgespürt; ein herrlich duftendes, für seine Verhältnisse vielleicht etwas sehr großes, zotteliges Hundemädchen. Und da Lea und ihr Frauchen Bianca genauso untrennbar waren wie Happy und Alessandra, tollten sie schließlich zu viert am Strand herum.

Wenn es nach den beiden übermütigen Vierbeinern gegangen wäre, hätten sie zwar noch stundenlang Stöckchen werfen können, aber irgendwann winkten die beiden Frauen erschöpft ab und ließen sich in den Sand plumpsen.

„Was ist denn dein Hund für eine originelle Rasse?"

Dass die sympathische Italienerin das Gespräch mit einem unbekümmerten Du begann, gefiel Alessandra genauso wie deren herzliches Lachen. „Happy ist ein Mischling mit unbekannten Zutaten. Ich vermute, dass ein Dackel und ein Terrier an der Kreation beteiligt waren."

„Und wie alt ist er?"

„Das weiß niemand genau. Er war schon ausgewachsen, als Kinder ihn verletzt im Straßengraben fanden und ins Tierheim brachten. Der arme Hund war nicht gechippt und wurde von niemandem vermisst. Zweimal haben ihn zwar noch irgendwelche Leute aus dem Hundeheim geholt, ihn aber dann wieder zurückgebracht, weil sie von seinem Temperament überfordert waren. Bei mir ist er jetzt seit zwei Jahren."

„Wen wundert's!", grinste Bianca, als die beiden ungleichen Hunde an ihnen vorbeiflitzten. Sie streckte Alessandra die Hand entgegen: „Ich heiße Bianca. Wie du siehst, passt der Name hervorragend zu mir." Sie grinste und deutete auf ihre rabenschwarzen Haare.

Alessandra musterte sie. Der Name Bianca, die Weiße, passte tatsächlich nicht zu dieser kleinen, quirligen Frau mit der rauen Stimme. Eigentlich passte auch sonst einiges nicht, überlegte sie. Die langen, künstlichen Wimpern, das extrem helle Make-up, die dunkelrot ausgemalten Lippen, der tiefe Ausschnitt, der breite Silbergurt über der üppigen Hüfte. Und dann, als Kontrast, das übermütige Spiel mit den beiden Hunden, das herzerfrischende Lachen, die rissigen Hände, die kurzgeschnittenen Fingernägel, die abgetragenen Sneakers. Ein als Femme fatale verkleidetes Bauernmädchen? Wobei – Mädchen war nicht ganz zutreffend. Die Frau war bestimmt fast vierzig.

„Piacere. Alessandra." Herzlich erwiderte sie Biancas kräftigen Händedruck. „Mein Name bedeutet übrigens `die Männerabwehrende`."

„Und? Wirkt er, dein Name? Hier in Italien ist das vermutlich nicht so leicht", grinste Bianca. „Für all diese Casanovas hier sind doch deine Traumfigur, dein langes, rotes Haar und deine hübschen Sommersprossen eine echte Herausforderung."

„Kein Problem. Ich habe ja Happy! Der verwandelt sich in eine rasende Bestie, wenn er meint, mich beschützen zu müssen."

„Sei froh! Meine Lea würde ungerührt zusehen, wenn mich jemand entführen würde." Bianca wirkte plötzlich nachdenklich. „Aber vermutlich kann sie einfach die Guten und die Bösen nicht voneinander unterscheiden. Das hat sie von mir." Gedankenverloren zeichnete sie mit den Fingern eine Spirale in den

Sand und klopfte dann das Muster hastig wieder zu. „Warum sprichst du eigentlich so ausgezeichnet Italienisch?"

„Meine Mutter stammt aus dem Veneto und hat als Heimweh-Italienerin mit uns ausschließlich Italienisch gesprochen. Unser Vater hat das sogar unterstützt, obwohl er selbst über ti amo und grazie mille nie hinausgekommen ist. Dazu kommt, dass wir regelmäßig bei der Nonna die Ferien verbracht haben."

„In Venedig?"

Alessandra nickte. „Anfangs ja. Das war grandios. Aber dann musste sie leider umziehen. Das Wohnen mitten in der Serenissima war für sie unerschwinglich geworden – wie für viele Ur-Venezianer. Mestre erwies sich dann leider als nicht mehr so berauschend."

„Ich liebe Venedig!" Bianca lächelte verträumt. „Schon morgen würde ich dorthin ziehen. Aber für einen Neuanfang bin ich vermutlich etwas zu alt."

„Du? Alt?"

„Ich habe letzten Herbst meinen Fünfzigsten gefeiert", erklärte Bianca kokett.

Alessandra blieb der Mund offen. „Ach komm! Ich habe dich auf maximal Neununddreißig geschätzt!"

Bianca nahm einen großen Schluck aus ihrer Wasserflasche und streckte sie Alessandra dann einladend entgegen. „Das kommt nur davon! Ich trinke, seit ich denken kann, Unmengen. Wasser!", fügte sie mit schelmischem Augenzwinkern hinzu. „Das hält die Haut straff. Probiere es aus!"

Alessandra nahm einen großen Schluck und streckte Bianca lachend ihr Gesicht entgegen „Sieht man schon etwas?" Dann hielt sie erschrocken inne: „Wo sind eigentlich unsere Hunde?" Suchend schaute sie sich um.

Bianca pfiff durch die Finger und schon sprintete ihre gehorsame Hündin von der langen Mole her auf sie zu.

„Aber wo ist Happy abgeblieben?" Zuerst beunruhigt, schließlich verzweifelt rief Alessandra nach dem kleinen Ausreißer.

Bianca nahm ihre aufgeregt winselnde Lea an die Leine. „Los, such deinen Freund!", befahl sie eindringlich.

Lea zog zielbewusst Richtung Yachthafen, und die beiden Frauen rannten hinterher. An der langen Mole waren zahlreiche riesige Yachten vertäut. „Eclipse, Sirena, White Lady, Avventura", las Bianca die in Messing verewigten Namen vor, und zwischen jedem einzelnen Namen schrie sie laut „Happy", was sie in ihrem reizenden Italienisch in „Appy" verwandelte. „Appy!"

Von der längsten der Yachten, der „Big Wave" hörten sie endlich verzweifeltes Winseln. „Are you looking for him?" Ein weiß uniformierter Schiffsoffizier schwenkte vom zweiten Deck ein kläglich japsendes Fellknäuel über die Reling. „Keine Ahnung, wie dieser kleine Kerl an Bord gekommen ist. Er thronte gemütlich auf dem Kapitänssitz in der Steuerkabine."

Auf die aufgeregten Entschuldigungen der beiden Frauen hin trug er den wild zappelnden Happy grinsend die polierten Mahagonitreppen hinunter, setzte ihn auf die Gangway und gab ihm einen Klaps. „It's worth a kiss, if not more!" Das ist einen Kuss wert, wenn nicht mehr, rief er Bianca zu.

„Certo!" Übermütig warf ihm diese eine Kusshand zu.

„Do you have a phone number", schrie er ihr nach und sie rief lachend zurück: „Sì!" Und dann augenzwinkernd zu Alessandra gewandt: „Doch meine Telefonnummer geb ich dem Typen sicher nicht. Schließlich bin ich vergeben. Aber ich muss zugeben: Dein Hund hat Geschmack!"

Es war eine Freundschaft „a prima vista", wie die Italiener sagen. Auf den ersten Blick. Wie bei der großen Liebe, so konnte das auch bei schlichten Sympathien passieren, hatte Alessandras Nonna ihr einmal erklärt. Man weiß es einfach. Sofort. Wenn ein Mensch passt.

Bianca Sposato wurde für Alessandra zur Straße, zum Weg, zur Pforte, um in Ligurien anzukommen. Emotional, aber auch ganz praktisch.

Biancas erste Tat war, dass sie ihre neue Freundin umquartierte in eine entzückende Ferienwohnung am begehrtesten Platz der Stadt, am romantischen Fischerhafen Foce.

Happy war begeistert, denn es gab direkt vor der Wohnungstür ein kleines Gärtchen mit einem hohen Zaun. Hinter diesem konnte er gefahrlos aus sicherer Distanz die vorbeimarschierenden Hunde anbellen. Die renovierte Wohnung selber war im wahrsten Sinne des Wortes cool ausgestattet. Die Glasur der Keramikfliesen, der Stucco veneziano an den Wänden, das gläserne Waschbecken – alles war hochglänzend.

Alessandra hatte sich ligurisches Wohnen etwas rustikaler vorgestellt, aber die freundlichen Vermieter hatten sich bei der

Renovierung ihres Hauses einen Traum erfüllt. Und Träume sahen eben bei jedem Menschen anders aus.

Nachdem sie ein paar sonnengelbe Tücher auf Betten und Möbeln arrangiert und einige Lithographien aufgehängt hatte, sah das Apartment schon sehr viel wohnlicher aus. Und Alessandra genoss dem Blick auf die malerischen Fischerboote, die Piazza und die hohen Palmen.

„Ganz so selbstlos ist das nicht", wehrte Bianca ab, als sich Alessandra bei einem ersten Besuch in Biancas Immobilienbüro überschwänglich für die Vermittlung bedankte. „Wenn du nicht so viel Geld fürs Hotel ausgeben willst, kannst du bis Ostern zwar beinahe gratis bleiben. Aber du bekleidest eine offizielle Funktion als Controllerin. Beim Probewohnen findet man jeweils am besten heraus, was an Mobiliar oder Inventar fehlt. Bitte notiere alles, was dir auffällt. Zum Saisonbeginn muss ich diese Wohnung und auch noch ein paar weitere an Feriengäste vermieten. Und diese erwarten Perfektion."

Eigentlich war Bianca Keramikerin und hatte ihr Handwerk im Zentrum der ligurischen Keramikkunst, in Albissola, erlernt. Eine Zeitlang hatte sie sogar in einer eigenen, kleinen Galerie ihre Werke ausgestellt. Aber nur wenige Kunden verirrten sich leider nach Parasio, dem zuoberst gelegenen und ältesten Teil ihrer Heimatstadt Imperia. Notgedrungen hatte sie deshalb den romantischen Gewölbekeller in ein Immobilienbüro umgewandelt und sich von ihrem Vater das Geschäft des Maklers beibringen lassen. Sergio Sposato hatte sich nach ein paar frustrierenden

Vorfällen zwar offiziell von seinem Beruf zurückgezogen, aber er unterstützte seine Tochter bereitwillig mit Rat und Tat und ließ sie von seinen zahlreichen Kontakten profitieren.

„Dies ist nur ein Teil meiner Verkaufsobjekte", erklärte sie Alessandra, die vor der Vitrine beeindruckt Biancas bunte Angebote studierte. „Eine doppelt so große Vitrine habe ich in der Hauptgeschäftsstraße, der Via Bonfante, angemietet. Dort kommen glücklicherweise wesentlich mehr Passanten vorbei."

„Aber allein schon dies hier ist eine respektable Palette! Vom verfallenen Rustico im Hinterland bis zur eleganten Maisonnette am Yachthafen … gibt es überhaupt etwas, was man bei dir nicht kaufen kann?"

Bianca lachte hellauf: „Den Richtigen!" Dann wurde ihr Gesicht ernst: „Natürlich wäre es mir lieber, die Kunden würden sich auf meine Keramiken stürzen." Sie deutete in den hinteren Teil des Büros zu dem Regal mit entzückenden Tierfiguren. „Leider sind Steine und Beton momentan mehr gefragt als Kunstgewerbe. Aber ehrlich gesagt macht mir meine Arbeit als Immobiliare ebenfalls großen Spaß. Mich fasziniert der Kontakt mit den verschiedensten Menschen. Mit Verkäufern, die aus Frustration oder aus Altersgründen ihre Häuser abgeben wollen. Mit Einheimischen, denen ihr Zuhause zu groß, zu klein oder zu unbequem geworden ist. .Oder mit Ausländern, die hier ihren ligurischen Traum verwirklichen möchten. Eine alte Ruine restaurieren, in einem Olivenhain sein Häuschen bauen – auf irgendeine Art ein Zeichen setzen; wer sehnt sich nicht danach?"

Der höllische Lärm der Kaffeemaschine unterbrach das Gespräch.

Dankbar nahm Alessandra die Tasse mit dem köstlich duftenden Espresso entgegen. „Eigentlich hatte ich verstanden, dass du von der Vermietung von Ferienhäusern lebst?"

Bianca setzte sich ihr gegenüber in ihren imposanten Direktionssessel und schlug elegant die netzbestrumpften Beine übereinander. „Die Vermietung ist zwar eine wichtige Einnahmequelle. Aber leben könnte ich nicht davon, obwohl es eigentlich oft anstrengender ist als der Verkauf. Die Touristen, die meist nur für zwei Wochen hierherkommen, haben hohe Ansprüche. Man muss Fragen beantworten. Kritik einstecken. Reiseführer spielen. Oft sind sie genervt von der langen Fahrt, der Parkplatzsuche, der Hitze. Dann kommen häufig alle gleichzeitig an, am Samstag, wenn eh schon Verkehrschaos herrscht. Die vermietenden Wohnungsbesitzer und das Reinigungspersonal sind genauso nervös. Im Sommer bedeutet dies Stress pur. Und doch erwarten alle einen freundlichen Empfang."

„Arme Bianca! Da bin ich wirklich froh, dass ich momentan deine einzige Kundin bin und dankbar, dass du mir so viel Zeit widmest. Ich werde dich immer nur im Winter belästigen. Versprochen!"

„Dies ist sowieso die angenehmste Jahreszeit hier. Die Luft ist klar, das Wetter meist ein Traum, die Temperaturen erträglich. Der Sommer ist zwar wegen der Schulferien die Hauptsaison hier. Aber es hat schon seine Gründe, warum die Einheimischen in der heißesten Jahreszeit in die Berge flüchten."

Sie erhob sich. „Was meint ihr zu einer Runde am Strand?", richtete sie ihre Frage an Lea und Happy, die sich um einen Fetzen von einem alten Teppich balgten, aber sofort begeistert aufsprangen und bellend zur Tür rannten.

Alessandra deutete auf ihr Handy. „Wäre es schlimm, wenn ich etwas später nachkäme? Ich müsste dringend zwei drei Mails beantworten. Und in der Wohnung ist das WLAN noch nicht aufgeschaltet."

Bianca nickte lächelnd. „Fühl dich wie zuhause." Am Schlüsselbund, den sie Alessandra reichte, baumelten eine vergoldete Gondel und ein Markuslöwe. „Kleine Sentimentalitäten", grinste sie entschuldigend. „Zum Abschließen brauchst du den größten der Schlüssel. Und das Passwort fürs WLAN lautet übrigens Flavio."

„Flavio? Heißt so dein Verehrer?"

Bianca schüttelte grinsend den Kopf: „Ich kann doch mein Passwort nicht bei jedem Kerl wieder ändern. Nein, Flavio ist der Name meines Bruders. Diese Beziehung ist wenigstens stabil." Leise zog sie die Tür hinter sich zu.

Alessandra atmete tief durch. Dann wählte sie die Nummer von Enrico Spina. Er würde nicht erfreut sein über das, was sie ihm mitzuteilen hatte.

Leider meldete sich schon wieder nur die Mailbox. „Enrico, ich will dir nur sagen, dass es mir reicht." Sie merkte, dass ihre Stimme krächzte, aber er sollte ruhig merken, dass sie stinksauer war. „Wenn du dich nicht bis morgen zwölf Uhr bei mir meldest, werde ich die Arbeit an deiner Biografie niederlegen. Definitiv."

„Schade, habe ich keine Rose dabei", sagte Alessandra, als sie mit Bianca und den Hunden den faszinierenden Küstenweg entlang spazierten. „Am Ende dieser Strecke müsste nämlich Lorenz` Campingplatz liegen", erklärte sie.

„Das scheint ein seltsamer Typ zu sein, dieser Lorenz. Rosen ins Meer werfen. Wer tut denn so etwas? An die Toten denkt man doch auf dem Friedhof!"

Bianca war kopfschüttelnd stehen geblieben. Sie starrte hinauf zu den schroffen Felswänden, an denen sich ein paar niedrige Krüppelpinien klammerten. Die Stellen, wo die Felsen am weitesten über den Weg ragten, waren mit Drahtnetzen gesichert. Drei Männer waren dabei, ein schweres Stahlseil über eine Felsnase zu ziehen, um eine Lücke im Sicherungssystem zu schließen.

„Dieser Bergsteigerjob sieht gefährlich aus!" Beunruhigt beschleunigte Alessandra ihre Schritte.

Bianca schüttelte den Kopf. „Du weißt aber schon, dass unser letztes Stündchen vorbestimmt ist? Davonrennen nützt gar nichts."

„Das ist mir klar. Aber man muss sich einer Gefahr auch nicht mutwillig aussetzen."

Plötzlich ein schriller Pfiff. Eine Warnung? Einer der drei Männer winkte ihnen zu. Bianca nahm Daumen und Zeigefinger in den Mund und ließ ebenfalls einen grellen Pfiff ertönen. Dann winkte sie lachend zurück.

„Valerio", sagte sie so vieldeutig, als würde der Name alles erklären. „Mein Freund."

„Dieser Kletterer da oben, das ist dein Freund? Sagtest du nicht, dein Freund sei Tierarzt?"

„Ach, ihr Deutschen! Sei doch nicht immer so spießig. Ich habe viele Freunde. Basta."

„Das glaube ich dir." Alessandra musste wider Willen lächeln.

„Aber wenn du sagst ‚mein Freund`, dann bedeutet dies doch, dass du mit ihm eine Beziehung hast?"

„Die habe ich ja auch!"

„Du schläfst im ihm?"

„Wenn es sich ergibt, klar. Neben dem Alpinisten gibt es momentan auch noch Eduardo, den Notar. Und Luca, den Blumenzüchter. Aber das ist nichts Ernstes. Der ist verheiratet."

„Und was meint dein Tierarzt dazu? Ist das nicht deine große Liebe?"

„Carlo? Der will nur sicher sein, dass er Priorität hat. Dies zu wissen, das reicht ihm."

„Tolerante Männer sind das, deine italienischen Lovers, Respekt!" konnte sich Alessandra einen ironischen Kommentar nicht verkneifen.

„Na ja, so einfach ist es auch wieder nicht, das Ganze zu managen", seufzte Bianca. „Unsere Machos sind ganz schön stolz. Auf keinen Fall darf man ihnen das Gefühl geben, dass sie vorgeführt werden. Aber solange man als Frau diskret ist und die Locations ein bisschen schlau auswählt, ist alles im grünen Bereich. Und im Geheimsten sind sie sogar froh darüber, dass ich nicht immer Zeit habe. Immerhin bin ich ziemlich anstrengend."

Besorgt schielte Alessandra hoch zu diesem Valerio. Hoffentlich hatte der kräftige Wind nicht Biancas fatale Worte zu seinem Felsen hochgetragen. Aber der Mann war bereits wieder am Hämmern.

Ein Fahrradfahrer brachte fluchend sein Rad neben ihnen zum Stehen. „Sind das ihre Hunde dort vorn?", fauchte er. „Können Sie nicht besser auf sie aufpassen? Ich bin fast gestürzt wegen dieser Biester."

Bianca zog eine schuldbewusste Grimasse, rief die Hunde zurück und der Mann fuhr schimpfend weiter.

„Na, große Moralapostelin? Hat dich mein Geständnis vorhin geschockt?" Bianca stupste Alessandra herausfordernd an.

„Nicht geschockt. Eher traurig gestimmt."

„Traurig?"

„Ja. Darüber, dass du dich so verschwendest. Das, was du so aufzählst, das hört sich an wie eine Sammlung von Eroberungen. Deine Strategien, deine zynische Meinung über die Männer – eigentlich redest du so, wie typische Casanovas vermutlich über Frauen lästern. Du bist doch eine sensible Frau mit einem großen Herzen. Das, was du eben erzählt hast, das hat doch nichts mit Liebe zu tun."

„Liebe?" Bianca lachte bitter auf. „Die Frau Schriftstellerin weiß selbstverständlich, was das ist."

„Ja", antwortete Alessandra leise. „Ich habe sie erlebt. Leider viel zu kurz, aber intensiv. Sie ist ..."

„Ich weiß, was sie ist!", fiel Bianca ihr ins Wort, und ihre Stimme klang rau: „Sie ist Selbstbetrug. Projektion. Zuckerwatte. Rosarote Brille. Glaub mir, da bin ich Expertin. Was glaubst du, wie ich mich fühlte, als meine große Liebe zur Exfrau zurück musste, weil er diese bei einem Anstandsbesuch versehentlich geschwängert hatte? Oder wie es mir erging, als mich Nummer Zwei sehnsüchtig von einer ach so anstrengenden Schottlandreise anrief und fünf Minuten später in Genua gesehen wurde, als er Arm in Arm mit meiner Freundin durch die Via Balbi flanierte?"

Alessandra wollte etwas erwidern, aber Bianca war in ihrer Wut nicht mehr zu bremsen.

„Soll ich weitererzählen? Von deinem reizenden Landsmann, Urs Schuhmacher aus Stuttgart, der mich so lange heiraten wollte, bis er mir alle Kundendaten abgeschwatzt hatte. Heute verklickert er ligurische Immobilien an Deutsche, schleimt sich überall ein und verleumdet mich, wo immer er kann."

Sie schöpfte tief Luft. „Willst du noch mehr hören? Da gäbe es zum Beispiel den reizenden Cesare, den ich naives Dummchen in meiner Verliebtheit über Jahre bei meinen Kunden als tollen Bauunternehmer empfohlen hatte. Das war er ja auch. Bis er angefangen hat, die großzügige Art der deutschen Hausbesitzer auszunützen und sie auf mieseste Art auszunehmen." Sie hielt nur kurz inne. „Stimmt: Dann gab es auch noch Ottavio, Felice ... ganz zu schweigen von all den internationalen, verlogenen Wundermännern, die ich im Internet kennengelernt habe, die sich aufplustern, pampern lassen. All diese Hochstapler. Diese Piloten, Rechtsanwälte, Offiziere ... ach, ich könnte ein Buch füllen mit diesen Memoiren."

„Dann mach das doch!", sagte Alessandra und staunte selbst über diese spontane Antwort. „Schreib dir alles von der Seele. Mach einen Roman draus."

Nachdenklich schweigend saßen sich Alessandra und Bianca im Restaurant gegenüber. „Hast du das ernst gemeint, vorhin?", durchbrach Bianca endlich die Stille, während sie sorgfältig die Pinienkerne aus ihren Trofie al pesto an den Tellerrand schob.

„Schmecken die dir nicht?", wunderte sich Alessandra.

„Doch. Eigentlich schon. Aber meine Mutter ist allergisch auf Pinienkerne. Vor zwei Jahren ist sie fast gestorben deswegen. Ihr Gesicht schwoll rot an und sie bekam kaum mehr Luft. Wir konnten sie gerade noch rechtzeitig in den Pronto soccorso, die Notaufnahme, bringen. Es war furchtbar!" Biancas dramatische Grimasse war furchteinflößend.

„Und du? Bist du auch allergisch auf Pinienkerne?"

„Nein! Wie kommst du darauf?"

„Weil du sie aussortierst."

„Das mache ich präventiv. Man kann nie wissen, was man alles erbt. Mamma sah jedenfalls sehr ungünstig aus, damals, im Restaurant."

Alessandra lachte schallend. Bianca war einfach köstlich! „Darf ich sie dir stehlen?" fragte sie.

„Du magst das Zeugs?"

„Ich könnte sterben dafür!", antwortete Alessandra und lud die gefährlichen Kerne auf ihre Gabel.

„Stopp!", grinste Bianca. „Erst beantwortest du meine Frage. Hast du das im Ernst gemeint heute Nachmittag?"

„Das mit der Liebe?"

„Nein, das mit dem Buch."

Alessandra entgegnete ernst Biancas Blick. „Sicher. Ich könnte mir vorstellen, dass deine Erlebnisse in Sachen Liebe interessante Elemente in einem Roman sein könnten. Die Töpferin als Immobiliare, ein faszinierendes Elternhaus ...""

„Hast du schon einmal einen Roman geschrieben?", fiel ihr Bianca ins Wort.

„Ja. Vier sogar. Es ist allerdings ein Weilchen her. Im Moment verdiene ich mein Brot als Journalistin oder Autorin mit Auftragsschreiberei."

„Und du vergeudest deine Zeit mit diesem Spinner. Diesem exaltierten Maler!"

„Musst du mir unbedingt den Appetit verderben?" Alessandra lehnte sich seufzend zurück und schob den Teller mit den Gnocchi mit Venusmuscheln zur Seite. „Immerhin hatte ich dank dieses schwierigen Menschen ein paar Wochen Zeit, um die Gegend hier zu erkunden."

„Und was hast du vor, wenn dieser Künstler dein Ultimatum einfach verstreichen lässt?"

„Dann muss ich die Übung leider abbrechen. Ich wäre zwar gerne noch hiergeblieben, Aber ich kann es mir nicht leisten, einfach Däumchen zu drehen."

„Zum Däumchendrehen wirst du nicht kommen!" Bianca wischte sich mit der Serviette den Mund ab. Dann deutete sie mit dem ausgestreckten Zeigefinger bedeutungsvoll auf Alessandra. „Denn ab heute wirst du sehr viel zu tun haben. Auch ohne diesen Maler. Du wirst nämlich diejenige sein, die meine Geschichten niederschreiben wird. Frag mich aus. Benütze meine Erinnerungen hemmungslos, als wäre ich ein offenes Buch. Aber Schreiben, das ist nun mal nicht mein Talent, meine Liebe. Du bist die Autorin. Niemand anders als du wird diesen Roman schreiben! Und du machst einen Bestseller daraus!"

Leere Leinwände

„Seit drei Tagen ignoriert Enrico nun auch meine Anrufe. Vielleicht sollten wir uns doch ernsthaft Gedanken machen." Lorenz` Stimme klang besorgt. „Ich hatte dir zwar geraten, ihm Zeit zu lassen. Aber jetzt macht auch die Fondazione Azzurra Druck, die ihm das Stipendium für das Atelier gewährt hat und den Katalog finanziert. Seit sechs Wochen sei er jetzt schon hier, und er habe sich noch immer nicht vorgestellt im Zentralbüro in Genua. Die sind zwar bei ihren Künstlern hart im Nehmen. Aber was Enrico bietet, das wirkt selbst auf diese Leute unprofessionell."

„Du willst damit andeuten, dass ich ohne Anmeldung in seinem Atelier vorbeischauen soll? Und wenn er nicht aufmacht? Ich kann doch nicht einfach einbrechen!"

„Doch. Warum nicht? Sogar für einen Einbruch hättest du meinen Segen. Aber wie ich unser Genie kenne, wird er seine Tür nicht abgeschlossen haben."

Das Genie hatte nicht abgeschlossen. Nachdem sie dreimal vergeblich geklingelt hatte, drückte Alessandra ungeduldig die Klinke nieder und trat ein.

Der riesige Atelierraum mit den hohen Fenstern wirkte unbewohnt. Es roch nach Leinöl. Ein paar leere Leinwände lehnten verloren an der farbbekleksten Wand. In einer Ecke stand ein Rollkorpus, beladen mit Gläsern mit leuchtenden Pigmentfarben und zwei großen Kanistern mit Leinöl und Terpentin.

Alessandra sammelte ein paar breite, unbenutzte Borstenpinsel und Farbroller ein, die verstreut auf dem Boden lagen, und legte sie gedankenverloren ins Waschbecken. Nein, hier war keine Spur von einem ekstatischen Maler zu sehen. Hier hatte kein Genie mit sich gerungen.

Enrico hatte sie schamlos angelogen, als er von dem Flow gesprochen hatte, von dem er angeblich störungsfrei profitieren müsse. Nichts hatte er gearbeitet. Rein gar nichts.

Ratlos trat sie an die Fensterfront. Die Gläser waren durch den Salmastro, die salzige Meeresluft, beschlagen, ja fast blind. Sie öffnete einen der schmalen Flügel und lehnte sich hinaus. Der Ausblick auf die Calata Cuneo, dem bekannten Platz am Hafen, war faszinierend. Bunte Fischerboote reihten sich selbstbewusst ein neben protzigen Luxusyachten. Dazwischen bot ein schwimmendes Restaurant den Passanten frittierten Tintenfisch und Garnelen an. Blumenhändler, vermutlich aus Afghanistan, versuchten, ihre Rosen an die Frau zu bringen. Touristen verglichen die Speisekarten der zahlreichen Restaurants.

Wenn ein Künstler von der Inspiration verlassen worden war – hier, mit dem Blick auf dieses lebhafte Treiben auf der Piazza musste er doch Anregungen in Hülle und Fülle finden, überlegte sie. Orgelmusik von einem Karussell drang herauf. Stimmengewirr der Restaurantgäste. Hundegebell. Kindergeschrei. Das Dröhnen eines Schiffsmotors.

Enrico hatte sich beschwert, dass die Hauptfenster nicht wie bei Künstlerateliers üblich Richtung Norden orientiert waren, erinnerte sie sich. Sie würden sich nach Süden richten, zur banalen Sonnenseite. Alle? Aber die Tür ganz zuhinterst im Flur, die lag doch auf der Nordseite? Vielleicht arbeitete er ja dort hinten?

Vorsichtig drückte sie die Klinke hinunter. Ein kleiner Raum mit einem schmalen, hohen Fenster tat sich auf. Lindengrün tapeziert, möbliert nur mit einem riesigen, antiken Holztisch mit abscheulichen Löwenfüßen; davor ein schäbiger Plastikstuhl.

Sie trat näher. Auf dem Tisch lagen, chaotisch verstreut, unzählige Blätter. Aquarellpapier, stellte sie fest, als sie eines davon neugierig in die Hand nahm. Die Kritzelei mit Tusche darauf erinnerte sie an Hieroglyphen. Doch zwischen den wirren Zeichen erkannte sie auch kleine Figuren. Alte Männer, junge Frauen. Kinder. Katzen. Und zusammenhanglose Sätze. Johanna Stutz. Raumpflegerin. 84. Fritz Schafroth, 94, Treuhänder. Barbara Roth, Anästhesistin, 36. Karl Distel, Disponent. 56, Felix Kaspar, Lokomotivführer, 92.

Alessandra war wütend und verwirrt zugleich. Jetzt hätte Enrico, der mit seiner expressiven Malerei auf imposanten Formaten den Durchbruch geschafft hatte, endlich für ein ganzes Jahr ein riesiges Atelier zur Verfügung, um hemmungslos drauflos zu malen ... und was tat er stattdessen? Wenn er überhaupt je anwesend war, kopierte er mysteriöserweise auf winzige Blätter Namen und Berufsbezeichnungen von Todesanzeigen aus deutschen Zeitungen.

Ihr fiel ein, was er von den ersten Jahren seiner Malerkarriere erzählt hatte. Dass seine Großformate die Wände seines Schlafzimmers fast gesprengt hätten. „Je größer meine Ateliers wurden, desto riesiger wurden die Formate", hatte er gelacht. „Um jeden Zentimeter Leinwandfläche zu kämpfen war damals, wie wenn ich um jeden Zentimeter Salami hätte ringen müssen. Ich biss mich fest, dehnte mich aus bis zum Gehtnichtmehr. Doch eines Tages, urplötzlich, ohne äußeren Grund, war der Hunger nach Weite, nach Raum gestillt. Und genau dann wurden mir seltsamerweise größere, ja sogar gigantische Ateliers angeboten. Wer weiß: Vielleicht werde ich in dem riesigen Atelier in Imperia nur noch winzige Bildchen malen?"

Sollte er diesen Witz etwa ernst gemeint haben? Für Lorenz, der für Enrico eine wirklich große Ausstellung geplant hatte, wäre das eine Katastrophe.

Hastig schob Alessandra die aus deutschen Zeitungen ausgeschnittenen Todesanzeigen wieder zurück in die Schublade, die aus dem Löwenfußtisch ragte. Die winzigen Formate, mit denen Enrico in Zukunft offenbar arbeiten wollte, war eine Sache. Nicht weniger bekümmerte sie aber das Thema, das ihn plötzlich so zu faszinieren schien. Warum befasste er sich auf einmal so intensiv mit Traueranzeigen? Was war die Botschaft? Steckte er in einer Lebenskrise? War er als ehemaliger Alkoholiker etwa rückfällig geworden? Wo war er?

Er hatte sich doch hoffentlich nichts angetan! Zögernd, mit klopfendem Herzen schob sie die letzte Tür auf. Das musste das Schlafzimmer sein. Sie wusste eigentlich auch nicht, was sie erwartet hatte. Aber als sie feststellte, dass das zerwühlte Bett leer war, fiel ihr ein Stein vom Herzen.

Als sie die Treppe hinunterging, war sie sich plötzlich nicht mehr so sicher, ob sie das Projekt Enrico Spina wirklich aufgeben wollte.

Der Mann war ein Spinner, das stand fest. Unzuverlässig, launisch, eine Zumutung für normal funktionierende Menschen. Aber die Blätter, die sie auf dem Löwenfußtisch entdeckt hatte, die hatten etwas für sich.

Todmüde rollte sie sich zu Hause in ihre Decke. Was war das für ein aufregender Tag gewesen. Aber immerhin schien es endlich weiterzugehen. Nicht wie vorgesehen zwar. Aber Künstler waren schließlich immer für Überraschungen gut. Und vielleicht würde sich Enrico ja morgen melden.

Es war ein strahlender Morgen. Die aufgehende Sonne leuchtete am Horizont und tauchte die malerischen Fassaden des Fischerhafens in ein oranges Licht.

Als Alessandra auf den kleinen Platz vor dem Hauseingang trat, winkte ihr von der Bar I Sognatori nebenan ein Mann fröhlich zu. Sie öffnete das Gartentor, und Happy sauste los. Begeistert sprang er an dem schwarzgekleideten Riesen hoch. Enrico tätschelte ihn, zufrieden grinsend. Dann wies er lässig auf einen leeren Stuhl ihm gegenüber und bedeutete Alessandra, sich zu ihm zu setzen.

Was für eine Dreistigkeit, dachte sie, merkte aber gleichzeitig, wie erleichtert sie war. Gott sei Dank: Enrico lebte! Und dies sogar völlig unbeschwert, wenn sie sich das üppige Gelage auf dem Tisch so betrachtete. Zögernd näherte sie sich. Enrico sprang auf und begrüßte sie so euphorisch, als wären sie allerbeste Freunde.

Sie behielt ihre Hände auf dem Rücken und nickte reserviert. Dann brach es wütend aus ihr heraus. „Weißt du eigentlich, was ich mir für Sorgen gemacht habe? Keinen einzigen meiner Anrufe hast du beantwortet. Seelenruhig hast du dich weiß Gott wo herumgetrieben, ohne das leiseste Lebenszeichen. Lorenz und ich hatten schon die schlimmsten Befürchtungen. Aber der Begriff Verantwortung ist vermutlich ein Fremdwort für dich!"

„Das stimmt!", sagte er leise.

„Was stimmt?", fragte sie verunsichert ob dieser lapidaren Antwort. Sie hätte wenigstens eine Entschuldigung erwartet.

„Das mit der Verantwortung. Ich hasse sie. Ich halte es nicht aus, wenn ich die Erwartungen anderer Leute erfüllen muss." Er griff sich ans Herz.

Was für ein Theater! Alessandra setzte sich kopfschüttelnd. „Ist das jetzt einer deiner berühmten Künstlersprüche? Findest du Egoismus etwa originell?"

Enrico stützte sein Kinn auf die gefalteten Hände und schaute sie offen an. „Nein, aber lebensnotwendig." Und, als er ihren entsetzten Blick bemerkte, fügte er hinzu: „Ich bin nur ehrlich."

„Ach! Du bist ehrlich?", zischte sie. „Das ist ja ganz etwas Neues!"

„Wieso. Ein Künstler, der nicht schonungslos ehrlich ist, kann einpacken."

„Das kannst du vermutlich auch", entfuhr es ihr.

„Gibt es etwas, was ich wissen sollte?", fragte er, plötzlich verunsichert.

„Verschone mich mit deinen philosophischen Sprüchen, Enrico. Dies hier ist kein Interview. Es ist Zeit, Tacheles zu reden. In Genua bei der Fondazione Azzurra sind sie stinksauer, weil du dich noch nicht gemeldet hast. Die Finanzierung des Katalogs ist in Frage gestellt. Trotz deines Versprechens hast du dich mir gegenüber totgestellt, dabei hätten wir dringend weiterarbeiten müssen. Nicht mal mehr Lorenz` Anrufe hast du beantwortet. Es mag dir vielleicht sauwohl sein, hier", sie deutete auf das Gelage auf dem Tisch. „Aber du hast einen Auftrag."

Genüsslich biss er in eine Brioche und leckte sich dann die tropfende Aprikosenmarmelade vom Finger.

Wütend schoss Alessandra hoch. „Das ist mir jetzt echt zu blöd. Ich habe Besseres zu tun, als mich mit einem uneinsichtigen Idioten herumzuärgern." Sie drehte sich auf dem Absatz um und wäre dabei fast über den erschreckten Happy gestolpert.

„Alessandra, bitte!" Enricos Stimme klang kläglich. „Bleib! Ich muss dir etwas sagen."

Seufzend setzte sie sich wieder. „Ich höre."

Mit dem Zeigefinger fuhr er kreisend über den Rand des Wasserglases, bis es quietschte. „Ich bin krank", brachte er schließlich zögernd hervor.

„Krank?"

„Ja. Ich leide an einer Angstphobie."

„Du und Angst?" Verwundert schaute Alessandra diesen kraftstrotzenden Mann an. Nahm er sie auf den Arm? Sie konnte sich nicht vorstellen, dass diesen Riesen etwas umhauen könnte. Oder etwa doch? Seine Augen flackerten nervös. Plötzlich fielen ihr die Todesanzeigen ein.

„Ja. Ich. Ich habe Angst. Eine verfluchte Angst, nicht zu genügen."

Wer hat das nicht, wollte sie entgegnen. Du befindest dich doch gerade auf einer beneidenswerten Erfolgswelle. Aber sie hatte gelernt, zuzuhören, und schaute ihn nur abwartend an.

„Die Angst ist überall. Vor den weißen Leinwänden. Den riesigen Formaten. Vor der Einsamkeit im Atelier. Vor den Erwartungen von Lorenz. Vor der Fondazione. Und Angst sogar vor dir und deiner Perfektion", brach es aus ihm heraus. „Ich bekomme Atemnot und Herzrasen."

Alessandra schwieg, auch wenn es ihr schwerfiel.

„Früher hatte ich diese Angst mit Alkohol zu betäuben versucht. Aus diesem Schlamassel bin ich gottlob herausgekommen. Du ahnst gar nicht, wie hart das war."

„Respekt!", antwortete sie schlicht.

„Schon länger nehme ich Medikamente gegen meine Depressionen. Seit ich hier bin, musste ich die Dosis massiv steigern." Er hustete gepresst. „Ich fühle mich immer noch wie gelähmt. Um die großen Leinwände muss ich einen weiten Bogen machen. Ihr erwartungsvolles Bereitstehen macht mich fertig. Und ich befürchte, das wird noch sehr lange so bleiben. Es wird keine Ausstellung mit neuen Großformaten von mir geben. Lorenz wird mich umbringen."

`Bestimmt`, wollte sie zynisch kontern. Aber sie musste diplomatisch bleiben. Lorenz` eindringliche Worte klangen noch in ihrem Ohr: `Sollte Enrico wieder in eine Schaffenskrise fallen, dann wäre dies katastrophal. Nicht nur für seine Karriere und die geplante, riesige Ausstellung in der Kunsthalle ... `. Enricos Verzweiflung war nicht gespielt, so viel stand fest. Wie konnte sie ihm helfen? Auf irgendeine Art musste sie ihn ermutigen.

„Ich bin froh über deine Ehrlichkeit", begann sie. „Und darum will ich auch ehrlich sein. Ich bin gestern in dein Atelier eingebrochen. Besser gesagt, ich habe mich eingeschlichen."

„Ich weiß."

„Du weisst?"

„Die Reihenfolge der Todesanzeigen war durcheinandergebracht. Wer außer dir hätte einen Grund gehabt, meine Sachen zu durchwühlen?", meinte er trocken. „Und?"

Bildete sie es sich ein, oder war sein Blick bei dieser Frage wieder lebhafter geworden? Es interessierte ihn also, was sie von seinen kleinformatigen Blättern hielt. Und das wiederum bedeutete, dass diese ihm wichtig waren. Das war doch schon mal ein positives Zeichen!

„Natürlich weiß ich, dass vor einem Neuanfang oft ein Bruch nötig ist", begann sie vorsichtig. „Aber dieser Sprung von deinen expressiven Großformaten zu diesen eher intellektuellen Miniaturen ist schon sehr extrem. Ich finde sie befremdend, aber letztlich auch faszinierend. Die dynamische Schrift, die Zeichen, die Farben ... Zuerst habe ich allerdings den Sinn der morbiden Personenaufzählung nicht kapiert. Name, Beruf und dann das erreichte Alter. Aber vermutlich willst du damit aufzeigen, dass der Tod alles relativiert. Den Titel, den Namen. Und vor allem das sogenannte Prestige, das dir ein Beruf beschert."

Enricos Gesicht leuchtete. „Die Botschaft ist also verständlich? Und du meinst, ich soll weitermachen?"

„Das fragst du mich? Unbedingt! Wir müssen dem armen Lorenz zwar noch verklickern, dass er statt der zehn Großformate achtzig winzige Blätter ausstellen muss. Aber wenn wir ihm Fotos schicken, wird er begeistert sein."

„Schade nur um das riesige Atelier! Mir würde das kleine Nordzimmer zehnmal reichen", sagte Enrico, als sie sich verabschiedeten. „Ich werde morgen bei der Fondazione in Genua vorsprechen. Vielleicht kennen die einen netten Kollegen, der sich auf gigantischen Formaten austoben will. Und ich säße erst noch nicht mehr so ganz allein in der Bude."

Alessandra sah ihm erstaunt nach. Wie war das nochmal mit seinem lebensnotwendigen Egoismus?

Happy wartete schon ungeduldig auf der Piazza. Der kleine Kerl hatte recht. Den Kopf durchzulüften war jetzt überfällig.

Die Familie Sposato

„Du tust meinem Kind gut!", lächelte Mariapina, Biancas Mutter, in der Küche der Mulino Lento, als Alessandra zum ersten Mal eingeladen war bei der Familie Sposato. Biancas Familie war sich einiges an Herausforderungen gewohnt und hatte deshalb die neue Freundin der Tochter des Hauses mit offenen Armen aufgenommen und bumefunden, die Deutsche sei sogar molto simpatica. Die zierliche, lebhafte Frau schaufelte gehackte Zwiebeln in einen schwarzen Gusseisentopf. „Du siehst gerade."

Alessandra stellte überrascht das Serviertablett zurück auf den rustikalen Holztisch. „Gerade? Wie meinst du das?"

„Ich will damit sagen: Du schaust ohne Umwege hin. Du lässt dich nicht irritieren von der billigen Schminke und dem übertriebenen Getue. Und du hast es gleich kapiert: Meine Bianca ist ein gutes Kind!"

Kind? Vermutlich blieben Töchter für ihre Mütter auf ewig ein Kind. Dieser Gedanke war nicht mal so übel, überlegte Alessandra. „Deine Bianca ist sogar ein sehr gutes Kind! Dass ich sie kennengelernt habe, war ein Glücksfall, den wir eigentlich unseren Hunden zu verdanken haben."

„Ihr mit euren Tieren!" Mariapinas Gesicht hatte sich schlagartig verdüstert. „Man kann es auch übertreiben. Bis vor ein paar Jahren hielten sich nur die Leute Hunde, die ein großes, eingezäuntes Grundstück besaßen oder Zwinger für die Jagdhunde. Keinem Italiener wäre es in den Sinn gekommen, sein Hündchen spazieren zu führen. Heute stolpert man in der Stadt bei jedem Schritt über einen dieser Luxus-Köter."

Alessandra blieb vor Schreck der Mund offen. Diese harsche Reaktion passte gar nicht zu der zarten Frau mit dem freundlichen Gesicht.

„Unser Familienfrieden ist regelrecht bedroht wegen dieses verfluchten Zoos. Die drei Hunde, die Ziegen, die Hühner und die fünf Katzen haben meinem Sergio nicht gereicht. Nein, es mussten auch noch zwei Esel her. Sie würden so rührend melancholisch gucken, war seine Begründung. Und weil er ein so weiches Herz hat, konnte er selbstverständlich auch bei den nächsten beiden verwaisten Langohren nicht Nein sagen."

Wütend drosch sie mit der Rührkelle auf die brutzelnden Zwiebeln ein. „Seit ewigen Zeiten konnten wir nicht mehr verreisen wegen dieser Menagerie. Was meinst du, wo ich früher überall herumgekommen bin als Stewardess bei der Alitalia? Sri Lanka, Costa Rica ... Auch mit Sergio habe ich einst phantastische Reisen unternommen. Und jetzt? Seit Jahren hat er mir eine Kreuzfahrt versprochen. Dabei müsste es ja gar nichts so Großartiges sein. Aber ich möchte wenigstens einmal noch nach Kalabrien, in meine alte Heimat. Und zwar nicht allein, sondern mit meinem Mann! Vergiss es! Letzte Woche kam der Junge des Nachbarn, der kleine Robertino, heulend an. Weil sein süßes, schwarzes Minischwein, das er zum Geburtstag geschenkt bekommen hat, einfach nicht stubenrein wird und nicht `mini` genug geblieben ist. Und wo glaubst du, ist dieses süße Schweinchen gelandet, wo?"

Mit grimmiger Miene fischte sie ein großes Stück Fleisch aus einer mit Rotwein gefüllten Schüssel und begann, es mit einem bedrohlich aussehenden Messer in kleine Würfel zu zerschneiden. „Wildschwein", erklärte sie, als sie den irritierten Blick von Alessandra bemerkte. Dann verstand sie und brach in schallendes Gelächter aus. „Habe ich dich erschreckt? Keine Sorge", prustete sie. „Robertinos Schweinchen ist putzmunter. Im Grunde genommen liebe ich Tiere genauso wie Sergio. Ich meine, so, wie Sergio sie liebt", korrigierte sie sich. „Aber manchmal muss ich meinem Frust halt Luft verschaffen."

„Das verstehe ich doch." Alessandra nickte. „Das Gefühl, angebunden zu sein, kann einen ganz schön in Rage bringen."

Mariapina musterte sie unverblümt. „Aber du wirst deiner Wut vermutlich nie freien Lauf lassen! Du bist ein sehr kontrollierter Mensch."

Dies war eine Feststellung und keine Frage. Alessandra stieg die Röte ins Gesicht, aber sie schwieg.

In einer spontanen Eingebung legte Mariapina liebevoll die Arme um ihre Taille und drückte sie an sich. „Meine Kleine."

„Meine Kleine ist gut!" Bianca war unbemerkt in die Küche getreten. „Alex ist mindestens um zwei Köpfe größer als du." Dann wandte sie sich entschuldigend an Alessandra: „Lass dich nicht zerquetschen! Mit meiner Mutter brennen manchmal die kalabrischen Pferde durch."

Mariapina wandte sich um und deutete auf die gusseiserne Pfanne, in der Steinpilze, Knoblauch, Selleriestückchen und Kräuter brutzelten. Dann drückte sie ihrer Tochter einen Kochlöffel in die Hand „Rösten bitte. Aber nichts anbrennen lassen!"

„Ich lasse nie etwas anbrennen!", protestierte Bianca.

„Stimmt," brummte ihre Mutter. „Leider."

Die Pappardelle, die breiten Nudeln, mit Wildschweinragout, schmeckten himmlisch. Dabei war Alessandra bereits von den Antipasti, den Vorspeisen, satt. Vor allem der köstliche Insalata russa hatte es ihr angetan, mochte er noch so eine Kalorienbombe sein.

Amüsiert hatte Sergio, Biancas Vater, beobachtet, wie begeistert Alessandra zugelangt hatte. Schließlich erhob er sich und öffnete die Glasvitrine. „Limoncello oder Grappa?", fragte er und stellte vier dickwandige Schnapsgläser auf den Tisch.

Alessandra betrachtete seine Hände, denen die Landarbeit anzusehen war.

Sergio folgte ihrem Blick und seufzte: „Kaum zu glauben, dass dies einmal die wahrsten Samtpfötchen waren, ich weiß. Das Leben treibt seltsame Blüten. Ein Bürohengst beendet seine Karriere im Eselstall. Hätte mir einer vor ein paar Jahren prophezeit, dass Tiere mir einmal näher stehen würden als Menschen, ich hätte ihn ausgelacht." Dann goss er den Grappa ein und schob Alessandra eines der Gläser zu.

„Du weißt bestimmt Bescheid?", meinte er mit belegter Stimme. „Das ganze Dorf, ja das ganze Tal weiß Bescheid. Die meisten wussten es sogar lange vor mir. Und im Nachhinein hätten sie es selbstverständlich alle besser gewusst." Er ergriff sein Glas und kippte den Grappa in einem Schluck hinunter. Dann wischte er sich hastig den Mund ab und füllte sich mit bebender Hand ein zweites Mal das Glas, bevor er endlich anfing. „Es begann damit, dass mir ein Olivenbauer seine Grundstücke anbot."

„Sergio, bitte!" Mariapina zupfte an seinem Ärmel. „Verschone unseren Gast mit dieser alten Geschichte!"

„Warum?", protestierte Bianca. „Alessandra interessiert sich für das Leben hier. Darum habe ich sie schließlich eingeladen. Lass Papa ruhig erzählen. Es tut ihm doch gut, wenn er seine Story loswerden kann."

„Er hat seinen Fall doch schon hundertmal erzählt!", schimpfte Mariapina. „Und? Erkennst du, dass es ihm besser geht, irgendwo? Eine bittere Geschichte wird nicht süßer, nur weil man sie immer wieder ausspuckt."

Sergio ignorierte ihren Protest und wandte sich an Alessandra: „Willst du die Geschichte nun hören oder nicht?"

Was für eine Frage! Geschichten waren schließlich die Essenz ihres Berufes. Alessandra schaute schuldbewusst zu Mariapina hinüber und nickte dann zögernd.

„Filippo Duci, so hieß der Alte. Sein Sohn war ein Trinker und Taugenichts, die Tochter nach England ausgewandert. Und für ihn allein war die schwere Arbeit im Olivenhain zu anstrengend geworden. Heute gibt es zwar glücklicherweise wieder junges Volk, das sich für den Olivenanbau begeistert. Und dank der Subventionen der EU kann die Produktion von unserem legendären Öl sogar wieder lukrativ werden. Aber vor zwanzig Jahren bedeutete Olivenland nichts als Mühsal. Viele Anbaugebiete ließ man einfach verwildern."

Alessandra nickte. „Mir ist aufgefallen, dass momentan in zahlreichen Gegenden die hohen Bäume massiv, ja fast brutal zurückgeschnitten werden."

„Gut beobachtet. Die Jungen übertreiben es fast ein wenig mit dem radikalen Schneiden. Aber für die Zukunft wollen die modernen Bauern die Bäume niedrig halten, denn keiner hat mehr Lust, im Herbst die hohen Stämme hinaufzuklettern, um die Oliven zu schlagen."

„Gottlob!", seufzte Mariapina. „Es war kriminell, wie die Alten auf ihren Bäumen herumturnten. Nicht wenige sind schwer verunfallt. Wenn sie nicht vorher krank geworden sind von dem verfluchten Rogor."

„Rogor?"

„Ein Pestizid, das viele spritzten, um die Oliven vor der Ölfliege zu schützen. Einem fiesen Schädling, der bei Olivenhainen, die unter 400 Metern liegen, ganze Ernten vernichten kann,", erklärte Sergio.

„Eine Riesensauerei!", schimpfte Mariapina. „Und brandgefährlich. Gottlob wird es jetzt verboten. Schließlich gibt es Alternativen. Die Leute sind nur zu faul dazu, zum Beispiel die Plastikflaschen mit den Sardinen in die Bäume zu hängen."

„Ölsardinen in den Ölbäumen? Jetzt verschaukelt ihr mich aber!"

Sergio schüttelte den Kopf. „Nein, nein, das ist eine von vielen hilfreichen, biologischen Methoden. Dabei steckt man eine Salzsardine in eine Plastik-Trinkflasche, füllt diese mit Wasser auf – fertig ist die Fliegenfalle. Ein uraltes Rezept. Aber die Jungen werden noch sehr viel Wirksameres erfinden müssen in der Welt, die sie erwartet."

„Amen!", sagte Bianca und hielt sich demonstrativ die Ohren zu. „Du mit deinen düsteren Prognosen. Erzähl Alessandra lieber, warum die dich ins Gefängnis stecken wollten!"

„Dein Vater war nicht im ...", protestierte Mariapina.

Bianca winkte ab: „Aber um ein Haar!"

„Schluss jetzt!" Sergio sprang beleidigt auf, Bianca zog ihn besänftigend am Arm zurück: „Papa, dai! Mach's nicht so spannend!"

Sergio setzte sich grollend. Nachdem er auch das zweite Glas geleert hatte, wandte er sich seufzend an Alessandra: „In Italien ist leider alles sehr kompliziert."

„Das höre ich nicht zum ersten Mal."

„Die Grundstücke dieses Filippo Duci liegen verstreut auseinander, teils an attraktiven Aussichtslagen, teils im schattigen Tal. Wir hatten eine Mischrechnung gemacht und waren nach dem Abschluss unseres Handels beide zufrieden. Er war seine Olivenbäume los ..."

„Und wir unser ganzes Erspartes!", konnte es sich Mariapina nicht verkneifen.

„Aber ich wusste ja, dass einige meiner Kunden Baugrundstücke suchten," fuhr Sergio unbeirrt fort. „So trat ich jeweils Grundstücke von rund fünftausend Quadratmetern an die Interessenten ab."

„So viel Land? Für ein einziges Haus?", staunte Alessandra.

„Das war das Minimum, um im Landwirtschaftsgebiet überhaupt eine Baubewilligung zu erhalten. Darauf konnte man dann ein kleineres Einfamilienhaus bauen," mischte sich Bianca wieder ein. „Ein Architekt erstellte die entsprechenden Projekte und die Gemeinde erteilte anschließend die Baubewilligungen. Natürlich gegen Erschließungsgebühren."

„Erschließungen?", höhnte Sergio. „Was für Erschließungen? Alle Investitionen, also Straßen, Leitungen und so weiter haben wir noch einmal bezahlt. Privat. Denn bauen musste dies jeder Hausbesitzer selbst. Das letzte der vier Häuser, unser eigenes, haben wir vor dreizehn Jahren bezogen."

„Und alle lebten glücklich und zufrieden", murmelte Mariapina und stellte scheppernd die Kaffeetassen auf den Tisch. „Aber es kann der Frömmste nicht in Frieden leben, wenn es dem bösen Nachbarn nicht gefällt."

„Wobei der böse Nachbar nicht nebenan wohnte, sondern unten im Tal," nahm Bianca den Faden auf. „Vor acht Jahren hat irgendjemand die Gemeinde bei der Region angezeigt, weil angeblich die Baubewilligungen damals nicht hätten erteilt werden dürfen. Daraufhin hat der Staatsanwalt die Polizei losgeschickt, und diese hat in den Hügeln über dem Dorf rund achtzig Gebäude versiegelt. Mit einer Abbruchsandrohung."

„Das heisst, man hat euch die Häuser trotz rechtsgültiger Baubewilligung und nach so vielen Jahren einfach beschlagnahmt?" Alessandra war empört.

„Nur kurz. Dann wurde klar, dass es für die Gemeinde unmöglich gewesen wäre, all die Häuser während der ganzen Prozessdauer zu betreuen. Darum wurden die Eigentümer einfach zu Verwaltern ihrer eigenen Häuser ernannt."

„Raffiniert!"

„Nicht raffiniert, Cara. Zynisch ist das!", wandte Sergio ein. „Danach wurden die Baubewilligungen offiziell aberkannt. Und dies ist die Situation bis heute. Im Grundbuch ist eine Sperre eingetragen, sodass weder ein Verkauf noch eine Kreditaufnahme mehr möglich sind."

„Immer noch? Seit so vielen Jahren? Das ist katastrophal. Habt ihr denn wenigstens alle zusammen einen vernünftigen Anwalt genommen?"

Mariapina schnaubte. „Einen? Bring mal die Interessen von so vielen Parteien unter einen Hut! Da traut keiner dem anderen. Jeder verlangte nach einem eigenen Rechtsvertreter. Was glaubst du, wie viel das kostet?" Seufzend hielt sie Sergio ihr geleertes Schnapsglas hin. „Limoncello diesmal, bitte! „Ich brauche dringend etwas Süßes. Aber das Schlimmste war die Strafklage. Wir haben kaum mehr geschlafen vor lauter Sorgen. Keiner wusste, ob und, und wenn ja, warum und wie lange ihm Gefängnisstrafe drohte. Von horrenden Bussen ganz zu schweigen."

Alessandra schüttelte den Kopf. „Ich kapiere nur nicht, was denn genau euer Vergehen war. Wenn ich richtig verstanden habe, hattet ihr doch alle eine rechtsgültige Baubewilligung."

„Das stimmt. Aber die für eine Baugenehmigung benötigten Grundstücke lagen nicht alle direkt am Haus, sondern zum Teil ein paar hundert Meter entfernt. Ist es nicht verständlich, dass man sein Gebäude nicht im schattigen Tal, sondern eben an sonniger Aussichtslage baut? So sind die attraktiveren Positionen letzten Endes halt etwas dichter überbaut worden als die Schattenplätze."

Alessandras Kopf dröhnte. „Aber was wird euch denn nun konkret vorgeworfen, wenn dieses Vorgehen doch genehmigt worden war?"

„Unser Verbrechen war, dass wir als Eigentümer angeblich die landschaftlichen Konsequenzen hätten voraussehen müssen. An den schönsten Lagen standen am Ende logischerweise relativ dicht beieinander die meisten Häuser. Aber in einem landwirtschaftlichen Gebiet hätten die Gebäude theoretisch verstreut sein müssen."

„Das verstehe ich nicht. Ausgerechnet bei euch, im ligurischen Hinterland kuscheln sich die alten Häuser dicht aneinander. Das ist doch gerade das Malerische, von dem alle schwärmen. Und nahe Nachbarschaft bedeutet schließlich auch Schutz."

Sergio lächelte müde: „Nett gemeint, Alessandra, danke. Aber wen interessieren schon solche Argumente? Dass ich finanziell blockiert bin, ist das eine. Das andere ist, dass ich mir wie ein Verbrecher vorkomme. Das Strafverfahren ist jetzt zwar vom Tisch, aber nicht dank der Gerechtigkeit, sondern weil die Anklage verjährt ist." Müde vergrub Sergio sein Gesicht in die Hände. „Ich kann einfach nicht mehr."

Bianca fuhr ihrem Vater tröstend über den Rücken. „Du musst nicht denken, dass er so schnell die Flinte ins Korn wirft", wandte sie sich an Alessandra. „Aber es ist in letzter Zeit wirklich viel zusammengekommen. Vor zwei Jahren hat er zusammen mit einem Kollegen eine baufällige, aber wunderschöne alte Villa in Bordighera gekauft. Sie beabsichtigten, diese zu restaurieren und zu einem Hotel umzubauen, welches später mein Bruder Flavio hätte führen können. Flavio besitzt ein Hotel in Mailand, will aber wieder nach Ligurien zurückkehren. Leider hat sich herausgestellt, dass der Partner ein skrupelloser Betrüger ist. Er hat die Immobilie mit einer

Hypothek belastet, die Handwerker nicht bezahlt und das ganze Geld privat verzockt. Nun ...".

„Lass es gut sein!", unterbrach Mariapina energisch Biancas dramatische Schilderungen. Dann wandte sie sich an Alessandra. „Einiges ist unglücklich gelaufen, das stimmt. Miserabel sogar. Aber es ist nicht so, dass wir verhungern. Immerhin haben wir noch die Mühle hier. Die Mulino Lento gehörte schon Sergios Großvater. Er ist hier aufgewachsen."

Alessandra ließ ihren Blick über das grob verputzte Gemäuer, die Kreuzgewölbe und den Boden mit den alten Keramikfliesen schweifen. „Ein wunderschönes Haus!"

„Und nicht zu vergessen: Wir haben unseren Zoo! Unsere wunderbare Menagerie!" Sergio hatte sich wieder gefangen und legte beschwichtigend, fast zärtlich den Arm um seine Frau.

Sie lächelte. „Stimmt. Komm, lass uns nach den Eseln sehen!"

Alessandra hatte den Wink verstanden und erhob sich.

„Ich wünschte, ich besäße einen Zauberstab, der all eure Probleme löste!", sagte sie, als sie sich dankend verabschiedete.

Bianca begleitete sie zum Wagen. Alessandra war schon eingestiegen und wollte eben losfahren, als plötzlich zwei Scheinwerferlichter auftauchten. „Oh Dio, den hatte ich beinahe vergessen", rief Bianca. „Der Arme hat ja, wenn er hierher flüchtet, das Dachgeschoss belegt."

Der Mann parkte seinen roten Alfa direkt neben Alessandras Fiat. Als er ausstieg, bemerkte sie, dass er sehr viel größer und schlanker war als Bianca. Aber die markante Nase verriet: Das musste Biancas Bruder sein, dieser Flavio.

Alessandra grüßte mit kurzem Kopfnicken und gab Gas. Ihr Bedarf an den vielen Problemen der Familie Sposato war für heute gedeckt.

Flavio

Alessandra lehnte sich über die kalte Metallbrüstung und beobachtete den wilden Wellentanz unter ihr. Die brodelnden Strudel kochten und die Gischt spritzte an die steile, schroffe Felswand.

„Bitte tun Sie's nicht. Das wäre schade!", raunte eine tiefe Männerstimme hinter ihr.

Alessandra zuckte zusammen und drehte sich um. Dieses markante Profil ... das war doch Biancas Bruder, dieser Flavio. Der müsste doch längst wieder in Mailand sein.

„Was haben Sie mich jetzt erschreckt!"

„Sorry. Ich bin Flavio, Biancas Bruder. Und Sie sind sicher ihre neue Freundin. Unsere Wege haben sich gestern schon gekreuzt." Mit einer hastigen Bewegung schob er sich die Sonnenbrille ins schwarze Haar. „Ich wollte Sie auf keinen Fall erschrecken. Aber es sah wirklich so aus, als wollten Sie sich gleich hinunterstürzen." Er wirkte echt besorgt.

Alessandra schmunzelte. „Nein, nein, heute noch nicht! Zum Springen warte ich ruhigeres Wasser ab."

„Das ist nicht zum Lachen. Allein schon der Gedanke ...", er erschauerte.

„Keine Sorge! Mir gefällt das Leben hier viel zu gut. Außerdem werde ich noch gebraucht. Mein Hund ... wo ist er überhaupt?" Besorgt sah sie sich um. „Happy!", rief sie, und das kleine Fellknäuel schoss wie eine Kugel auf sie zu und tänzelte aufgeregt um ihre Beine.

Flavio bückte sich und tätschelte den Hund, der begeistert an ihm hochsprang. „Du bist mir ja ein süßer Kugelblitz!" Dann deutete er mit einer Kopfbewegung wieder auf das aufgewühlte Meer: „Es ist schon beeindruckend, was so ein kleines Stürmchen im Wasser für Aufregungen auslöst."

Sie nickte. „Ich bin völlig fasziniert von diesem Chaos hier unten, und ich habe versucht, eine Logik zu erkennen hinter all dem wilden Getöse. Diese hohen Wellen, die schräg am Felsen brechen, kommen von Westen. Dann fließen sie Richtung Süden zurück, werden dabei von einer Welle, die von Osten herkommt, überrannt und wieder an die Wand geschlagen. Man hat den Eindruck, es türme sich alles auf und es gäbe kein Entkommen."

„Die Natur ist kapriziös. Flavio hatte sich dicht neben ihr ebenfalls leicht über das Geländer gelehnt. „Diese wilden Strudel hier unten, das ist eine sogenannte Kreuzsee. Da treffen sich zwei Wellensysteme aus unterschiedlichen Richtungen." Er schloss die Augen. Mit einem tiefen Atemzug sog er die salzige Meeresluft ein. „Herrlich!", rief er. Dann fügte er leiser, aber eindringlich hinzu: „Doch das Meer ist an dieser Stelle auch sehr gefährlich! Es gibt immer wieder fahrlässige Schwimmer, die die Strömungen hier unterschätzen."

Alessandra schluckte leer. Wenn das jemand wusste, dann sie. „Ich schwimme eigentlich täglich, seit ich hier bin. Vom Borgo Foce drüben bis zur Mole am Jachthafen." Und als sie sein verblüfftes Gesicht sah, fügte sie lächelnd hinzu: „Bei diesen Temperaturen selbstverständlich im Neoprenanzug. Und natürlich nicht so nah an diesen Felsen, sondern weiter außen. Quer durch die Bucht."

Sie hatte eine entsetzte Grimasse erwartet. Doch er nickte anerkennend und streckte ihr strahlend die Hand entgegen: „Eine Winterschwimmerin! In Ihren Breitengraden im Norden sind Sie ja vermutlich sogar eine Eisschwimmerin. Respekt. Und willkommen im Club. Als ich noch hier wohnte, habe ich das Winterschwimmen jahrelang betrieben. Dieses Glücksgefühl, wenn man sich erst mal überwunden hat ... Aber momentan getraue ich mich nicht, damit wieder anzufangen. Der Suchtfaktor ist zu groß. Und ich müsste ja eigentlich längst zurück sein im trockenen Mailand."

„Trocken?"

„Na ja, es fehlt ein anständiges Gewässer. Und in den Navigli, unseren berühmten Kanälen, ist das Schwimmen nicht unbedingt zu empfehlen."

„Schade," entfuhr es ihr.

„Schade was?" Er drehte sich ihr zu und meinte augenzwinkernd: „Schade für mich, dass ich nicht an diesem wunderbaren Ort bleiben darf? Oder schade für Sie, dass ich gehe?" Er ließ ihr keine Zeit zum Antworten. „Ich musste einfach unbedingt nochmals kräftig salzige Luft einatmen, bevor ich wieder in die stinkige, chaotische Großstadt eintauche. Dies hier ist mein absoluter Lieblingsplatz. Und wie ich feststelle, jetzt nicht mehr nur meiner."

Alessandra lächelte. „Ja, es ist wunderschön hier. Ihre Schwester hat mich ganz in der Nähe von hier an einem idealen Platz untergebracht."

„Ihre. Sie ... sag mal, müssen wir uns immer noch siezen? So unter Schwimmern wäre doch ein Du normal."

Sie lächelte. „Aber gern. Alessandra." Dann schaute sie demonstrativ auf ihre Armbanduhr und seufzte: „Sorry, aber die Arbeit ruft." Sie nahm Happy an die Leine.

„Aber ein kleiner Espresso liegt doch hoffentlich noch drin?", protestierte er. „Jetzt, wo wir Gelegenheit haben, uns ohne die ganze Sippschaft kennen zu lernen. Ich habe Interessantes über dich gehört." Er umfasste sanft ihren Arm und deutete Richtung Fischerhafen. „Passt dir die Bar I Sognatori?"

Auf der romantischen Passeggiata degli innamorati, dem Weg der Verliebten, schlenderten sie zum malerischen Fischerhafen. Der Februar schien ganz die Jahreszeit der Aloe zu sein. Noch nie hatte Alessandra diese wildwachsende Pflanze blühen sehen und war begeistert über die üppige, orangefarbene Blütenpracht. Es war angenehm warm für die Jahreszeit. Alessandra schlüpfte aus ihrer sonnengelben Wolljacke und knüpfte sich die Ärmel über der Hüfte zusammen.

„Rivierawetter!", meinte Flavio. „Weißt du eigentlich, dass diese Jahreszeit hier früher als die Hauptsaison galt? Die reichen Engländer und Russen verbrachten in diesem milden Klima, in der Gegend zwischen Alassio und Bordighera, früher die Wintermonate. Es ist kaum zu glauben, aber ab Mai schlossen die eleganten Grandhotels ihre Pforten bis zum Herbst. Kein Mensch war damals daran interessiert, während der heißen Sommermonate an den überfüllten Stränden zu verschmachten."

„Das klingt vernünftig", lächelte Alessandra. Sie deutete auf den kleinen Sandstrand unterhalb der langen Mole. „Ich war zwar noch nie im Sommer hier, aber ich stelle es mir ziemlich dicht möbliert und weit weniger attraktiv vor als jetzt."

„Auf jeden Fall weniger einsam", lächelte er und machte vor dem Restaurant I Sognatori an der Piazza eine weitreichende Handbewegung in Richtung der vielen leeren Tische: „Madame, Sie haben die Auswahl!"

Sie bestellten zweimal Caffè. Alessandra lehnte sich entspannt zurück und betrachtete die bunten Fischerboote, die angekettet am kleinen Hafenplatz lagen. Eine gemauerte Säule mit einem winzigen, blauen Ziegeldach schien über die ganze Szenerie zu wachen. An einem darauf montierten Stab drehte sich ein metallener Fisch, der die Windrichtung anzeigte. Weiter außen sprangen immer wieder Schaumkronen von übermütigen Wellen über die schützende Steinmole. Es roch nach Salz und Jod.

Sie spürte, dass Flavio sie von der Seite her beobachtete, aber sie vermied es, seinen Blick zu erwidern.

„Mare mosso", sagte er.

„Raue See, heißt das auf Deutsch. Oder eben wörtlich: Bewegtes Meer."

„Bewegtes Meer?", versuchte er, ihr nachzusprechen. „Meer heißt Mare, das weiß ich. Aber `bewegt`?"

„Das kommt von Bewegung. Von Movimento," erklärte sie lächelnd. „Aber etwas erscheint mir seltsam: Das Meer wirft sogar jetzt noch diese riesigen Wellen auf. Dabei ist es doch schon seit zwei Stunden fast windstill."

Er schüttelte den Kopf. „Der Wind war sehr wohl da, Cara. Vorher. Doch die Wellen der Windsee klingen sehr viel langsamer ab als er. So entstehen Restwellen."

„Dünung nennen wir das. Aber lassen wir das mit der Deutschstunde besser."

Genüsslich nippte sie an ihrem Espresso. Herrlich! Flavio hatte seinen in einem Schluck heruntergekippt. `Italiener!`, dachte sie. Von wegen Land der Genießer! Sie beobachtete ihn verstohlen aus dem Augenwinkel. Das dichte, schwarze Haar war zerzaust und über der Stirn zu einem spitzbübischen Wirbel zurückgekämmt, was irgendwie gar nicht zu seinem ernsten Gesicht zu passen schien. Die Augen hielt er unter einer Pilotenbrille verborgen. Die markante Nase war ihr schon bei Bianca aufgefallen, genauso wie die hohen Wangenknochen.

Dieser Flavio war zweifellos ein attraktiver, liebenswürdiger Mann. Aber charmant zu sein war er schließlich seinem Beruf als Hotelier schuldig, sagte sie sich. Doch schien er auch etwas gedankenabwesend, nervös, ja sogar leicht bedrückt zu sein. Aber dass dieser Mann einen Haufen Probleme im Gepäck hatte, das hatte Bianca ihr bereits ausführlich geschildert.

Von seiner bildschönen Frau sei er brutal und urplötzlich verlassen worden. Bianca hatte vehement für ihren armen, kleinen Bruder Partei genommen. Geschockt und frustriert sei er aus dem Hotel im eleganten Mailänder Altstadtquartier Brera, welches die beiden gemeinsam betrieben, ausgezogen. Jetzt hause er in einer winzigen Wohnung in einem tristen Außenquartier und hoffe auf eine wundersame Rückkehr der Ehebrecherin. Trotz des ganzen Dramas würde er sich weiterhin nicht nur um die administrativen Belange des Hotels kümmern, sondern auch liebevoll um die zwölfjährige Tochter Chiara.

Ein selbstloser Held? Alessandra atmete tief durch. Was kümmerten sie die Angelegenheiten dieses Fremden? Hatte sie nicht genug eigene Sorgen? Sie erhob sich abrupt. „Tut mir leid, aber um diese Zeit gehöre ich wieder hinter den Schreibtisch."

Happy sprang begeistert auf.

„Nur noch einen Augenblick!", bat Flavio und streckte bittend seine Hände aus. Sein Lächeln war unwiderstehlich. Sie setzte sich, ergeben seufzend. Er winkte der Kellnerin zu und hob zwei Finger in die Höhe.

Schweigend warteten sie, bis die zweite Runde Espresso serviert war. Happy stürzte sich gierig auf die Wasserschale, welche die freundliche Kellnerin ihm zugeschoben hatte, und das Klappern des Plastikgeschirrs und sein begeistertes Schmatzen brachte beide zum Lachen.

Dann wurde Flavios Gesicht ernst. „Du schreibst eine Biografie über meine Schwester, habe ich gehört", sagte er dann ohne Übergangsfloskeln. „Ehrlich gesagt bin ich etwas erstaunt, ja sogar besorgt. Dies hier ist eine Kleinstadt, in der jeder jeden kennt."

Alessandra wollte ihn unterbrechen, doch er wischte einen möglichen Einwand schroff ab und seine Stimme wurde hart: „Hör zu: Du fährst bald zurück in dein Deutschland, aber Bianca muss hier weiterleben. Meine Schwester trägt ihr Herz leider auf der Zunge. Doch ich dulde auf keinen Fall, dass sie in Schwierigkeiten gerät wegen irgendwelcher Indiskretionen in einem Buch. Mit anderen Worten: Ich bin gegen dieses Projekt."

Was für ein Macho! Alessandra stellte ihre Tasse so hart auf den Unterteller, dass es knallte. Was fiel diesem Kerl überhaupt ein! Dabei hatte sie doch noch nicht einmal mit dem Roman angefangen! Aber das würde sie diesem Typen jetzt bestimmt nicht auf die Nase binden! Auf Einmischungen hatte sie schon immer allergisch reagiert.

Sie holte tief Luft: „Flavio, es ist ja rührend, dass du dich sorgst. Aber meinst du nicht, dass deine große Schwester alt genug ist, selbst zu entscheiden, was richtig für sie ist? Abgesehen davon, dass du auf dem Holzweg bist. Über sie schreibe ich nicht eine Biografie, sondern einen Roman. Und zwar nicht über Bianca Sposato aus Imperia, sondern über eine fiktive Person, die ich", sie zögerte, überlegte kurz und fuhr dann mit ironisch klingender Stimme fort: „Sagen wir mal ... Nera Nubile nennen könnte."

„Nera Nubile?" Man sah, wie es hinter seiner Stirn arbeitete. Dann endlich kapierte er, grinste und hob gespielt schuldbewusst die Hände: „Ok, ok, sorry. Touché. Aber hoffen wir, dass dir zu deiner Protagonistin wenigstens noch ein etwas weniger offensichtliches Pseudonym einfällt statt ausgerechnet das Gegenteil vom echten Namen meiner Schwester."

„Flavio, das war ein Witz!" Alessandra verdrehte die Augen. „Aber du darfst davon ausgehen, dass ich mir meiner Verantwortung als Autorin bewusst bin", sagte sie schließlich trocken. „Abgesehen davon, dass mir das Glück deiner Schwester zufälligerweise ebenfalls am Herzen liegt."

Flavio streckte ihr die rechte Hand hin. „Wie gesagt, es tut mir leid. Ich wollte dich nicht beleidigen. Friede?"

Alessandra nickte. „Friede! Friede ist mein Lebensmotto."

Er lachte hellauf. „Ich sehe, wir werden noch eine Menge Spaß miteinander haben! Ich freue mich schon auf unser Wettschwimmen, wenn ich wiederkomme. Aber darf ich dich trotzdem noch etwas fragen?" Ohne ihre Antwort abzuwarten, fuhr er fort: „Was findest du denn eigentlich so spannend am Leben meiner Schwester? Ihre schrecklichen Liebesdramen?"

Alessandra sah ihn kopfschüttelnd an. Was war das doch für ein anstrengender Mensch. Einmal feinfühlig, witzig, dann wieder verletzend. Aber sie beschloss, gelassen zu bleiben, und nicht mehr auf Provokationen zu reagieren. „Bianca fasziniert mich, weil sie eine echte, tiefsinnige Frau ist. Sie ist leidenschaftlich ...“

„Stimmt. Sie leidet wahnsinnig gern!“, fiel er ihr zynisch ins Wort. „Es ist nicht zum Aushalten, auf was für jämmerliche Gestalten sie dauernd hereinfällt. Und sie ist absolut unbelehrbar.“ Theatralisch schlug er sich die Hand vors Gesicht.

Könnte es sein, dass seine Besorgnis tatsächlich echt war, überlegte Alessandra. Biancas Leichtfertigkeit in Liebesdingen war tatsächlich ihr Schwachpunkt. Dabei schien sie von einem Desaster ins nächste zu taumeln. „Aber im Moment scheint Bianca happy zu sein“, versuchte Alessandra, dem Gespräch eine konstruktivere Wendung zu geben.

„Happy?“ Flavio lachte trocken auf. Der kleine Hund sprang freudig auf, aber Alessandra schob ihn wieder unter den Tisch: „Du bist nicht gemeint, Kleiner.“

„Du meinst doch etwa nicht wegen des lächerlichen Techtelmechtels mit Carlo Anselmi, diesem Tierarzt? Sie wird diese absurde Affäre doch nicht etwa ernst nehmen? Ich kenn diesen Schürzenjäger noch aus der Schulzeit. Weißt du, auf wie vielen Hochzeiten dieser Typ tanzt?“

„Ich bin ihm nur einmal begegnet und habe ihn dabei als hilfsbereit und sympathisch erlebt“, wandte Alessandra ein. „Doch lassen wir das Thema besser. Biancas Liebesleben geht uns nichts an."

„Aber als dramaturgischer Stoff für deinen Roman sind dir ihre Dramen natürlich willkommen. Ich verstehe. Du bestimmst die Regeln."

„Nein, sicher nicht. Zum Teil begreife ich deine Bedenken und finde sie sogar rührend. Leider hatte ich nie einen Bruder, der sich um mich gesorgt hat." Warum erwähnte sie so etwas ausgerechnet jetzt? Was ging diesen Mann ihre eigene Geschichte an? „Aber wechseln wir besser das Thema. Mich interessiert an Biancas Leben auch ihre berufliche Entwicklung ..."

Flavio verzog spöttisch das Gesicht. „Entwicklung? Falls du es Entwicklung nennst, wenn jemand es mit einer exzellenten Ausbildung nicht weiterbringt als in ein peinliches Immobiliarebüro und in einen Eselstall? Aber wenn du meinst ..."

Alessandra seufzte. Dieses Gespräch war offensichtlich sinnlos. „Mich faszinieren aber auch die Hintergründe. Zum Beispiel die Entwicklung des Tourismus hier", versuchte sie, diplomatisch zu bleiben. „Die Vergangenheit dieser wunderschönen Stadt und des intakten Hinterlands. Die spannenden Geschichten der Olivenbauern. Oder auch die der Familie Sposato."

Flavio wirkte plötzlich müde. Irgendetwas an ihren Themen schien ihm nicht zu behagen, ja, ihn sichtlich zu quälen. „Du wirst schon wissen, was du tust", meinte er nach einer langen Pause und klang bemüht höflich. „Auch wenn dein Projekt, nimm es mir nicht übel, in dem Fall eher nach einem Sachbuch als nach einem Roman klingt. Und in einem Sachbuch kommen meines Wissens echte und nicht fiktive Figuren vor."

In Alessandra stieg die Wut hoch. Dieser misstrauische Besserwisser! „Du weißt aber schon, dass dies nicht das erste Buch ist, das ich schreibe?", fragte sie spitz. Doch es hatte keinen Sinn, zu streiten. Flavio schien sich schlicht und ergreifend Sorgen zu machen: Um Biancas Ruf, auch um seinen eigenen, um seine Eltern, vielleicht um irgendwelche politischen Verstrickungen – was wusste sie schon! Letztlich war dies sein Land, sein Dorf, seine Schwester. Und sie war für ihn nur eine Ausländerin, die keine Ahnung hatte.

„Weißt du was?", versuchte sie deshalb, einzurenken: „Ich stürze mich jetzt einfach in die Arbeit", sagte sie in versöhnlichem Ton. „Und wenn das Manuskript abgeschlossen ist, kannst du es ja gegenlesen, falls dich das beruhigt."

Sie verabschiedete sich mit einem gequälten Lächeln.

Etwas ist schiefgelaufen, dachte Alessandra traurig. Sogar Happy, der sich sonst, kaum zu Hause angelangt, jeweils bettelnd vor den Kühlschrank stellte, hatte sich blitzschnell unter dem Bett verkrochen.

Sie hatte plötzlich keine Lust mehr, sich an den Schreibtisch zu setzen. Mit Enricos Biografie gab es kein Vorwärtskommen. Und die Freude daran, über Biancas Leben zu fabulieren, hatte dieser Flavio ihr gründlich verdorben.

Nachdenklich trat sie in den kleinen Garten und starrte aufs Wasser. Wenigstens auf dem Meer hatten sich die Wogen ein bisschen geglättet. Natürlich war es noch nicht optimal, um zu schwimmen. Aber sie musste auf andere Gedanken kommen. Und das gelang ihr am besten im Wasser.

Hastig zog sie den Neoprenanzug vom Bügel. Das Material roch unangenehm. Sie gab sich einen Ruck, stieg in den Anzug und zog energisch den Reißverschluss zu. Bewegung, intensives Kämpfen mit dem Element Wasser, das war das Einzige, was ihr half, sich von den verwirrenden Gedanken zu befreien.

Auf dem Weg zum Wasser musste sie zwangsläufig nochmals an der Bar I Sognatori vorbeigehen. Sie zögerte. Eine Diskussion über ihr abenteuerliches Vorhaben konnte sie jetzt am wenigsten gebrauchen. Flavio saß immer noch am Tisch. Aber er wirkte so gedankenverloren, dass er sie bestimmt nicht zur Kenntnis nahm.

Entschlossen schritt sie über den Platz an den winzigen Strand mit dem großen Namen „Foce Beach". Sie kletterte auf die Steinmole und schielte verstohlen zurück. Nein, Flavio hatte sie nicht bemerkt. Er starrte immer noch unverwandt in seine Kaffeetasse.

Hastig zwängte sie ihre Füße in die Schwimmflossen, stopfte ihr langes, rotes Haar in die enge Kappe. Dann schob sie sich die Schwimmbrille über die Augen und ließ sie sich langsam ins kalte Wasser gleiten.

Das verzweifelte Winken von Flavio, der aufgesprungen war und aufgeregt zur Mole rannte, bemerkte sie nicht mehr.

Herrlich, diese Naturgewalt! Zwar war Alessandra noch nie bei so hohem Seegang geschwommen, und ein bisschen mulmig war ihr schon. Aber sie verdrängte die Bedenken. Schließlich war sie gut in Form. Das tägliche Schwimmen in den letzten Tagen hatte ihr Kondition und sogar ein bisschen vom alten Glücksgefühl zurückgezaubert.

Sie war nicht vorbereitet, als eine erste Welle über sie schwappte. Das Salzwasser schmeckte scheußlich. Sie hustete. Das war unprofessionell, schimpfte sie sich, als sie von weiteren, noch aggressiveren Wellen überrollt und unter Wasser gedrückt wurde.

Als sie sich endlich wieder orientieren konnte, hatte die Strömung sie schon viel zu weit hinausgetrieben.

Bevor der nächste Angriff kam, legte sie sich für einen kurzen Moment auf den Rücken und versuchte, sich zu entspannen. Ruhig bleiben, redete sie sich zu. Ruhig bleiben. Das war das Überlebensrezept jedes Schwimmers.

Dann sah sie sich um. Es gab nur eins: Sie musste sich an der langen Mole ausrichten, um in die Bucht zurückzukommen. Nur war diese verfluchte Steinmauer schon ziemlich weit in die Ferne gerückt. Sie kraulte los.

Natürlich war es fahrlässig, sich so allein, mitten im Winter, mit diesem unberechenbaren Wasser anzulegen. Aber man konnte sein Leben auch ohne Leichtsinn verlieren. Es war einfach seine Stunde gewesen, so hatten die Freunde sie getröstet, als Sven ... Nein, bloß keine Gedanken daran! Wieder wurde sie brutal überrollt. Unter Wasser gedrückt. Sie ruderte verzweifelt mit den Armen. Beim Atemholen schluckte sie erneut Wasser. Hustete. Was war oben, was unten? Sie merkte, wie sich ihre Kräfte erschöpften. Aber sie musste kämpfen. Sie durfte nicht aufgeben! Sie war noch nicht bereit loszulassen. Tapfer schwamm sie weiter. Auf dem Rücken, auf dem Bauch, auf der Seite, um die Muskulatur zu entlasten. Ab und zu nahm sie ein verwischtes Wolkenbild wahr. Dann schoss die nächste Welle über sie hinweg.

Endlich war sie auf Höhe der Mole angelangt. Aber ihre Kraft würde nicht mehr ausreichen, um auf die gewaltigen Felsbrocken zu klettern. Sie musste durchhalten! Weiterkraulen, der rettenden Mauer entlang bis zum Strand.

Im Schutz der Hafenmauer änderte die Strömung urplötzlich die Richtung. Der Kampf war vorbei. Erleichtert spürte Alessandra, wie sie sanft in die Bucht gezogen wurde.

Endlich weicher Sand! Noch nie im Leben war sie so glücklich gewesen, wieder festen Boden unter den Füssen zu spüren.

„Sei matta! Pazza! Scema! Du bist wirklich wahnsinnig!", vernahm sie eine aufgebrachte Männerstimme.

Benommen torkelte Alessandra aus dem Wasser und ließ sich in den Sand fallen. Erschöpft schloss sie die Augen. Sie musste erst einmal Atem holen.

Der Mann ließ sich neben ihr auf die Knie fallen und tätschelte aufgeregt ihr Gesicht. „Hallo! Bist du da! Geht es dir gut? Mach doch die Augen auf, Dio mio! Soll ich die Ambulanz rufen?"

Ambulanz? Alessandra rieb sich die Augen. Verwirrt setzte sie sich auf und sah sich um. Sie hustete und spuckte das Salzwasser aus. Die Lunge brannte höllisch. Aber sie konnte schlagartig wieder klar denken. Und sich messerscharf erinnern. „Flavio? Was machst du denn hier? Bist du gerannt?"

„Geflogen", knurrte er.

Sie streckte hilfesuchend ihren Arm aus und er zog sie hoch auf die Füße. Noch immer war ihr schwindlig. Sie stolperte über ein Paar Schuhe. Dann bemerkte sie, dass sein Pullover und die Jeans klitschnass waren. Flavio hatte sie wirklich retten wollen? Wie rührend!

Sie zog die Taucherkappe vom Kopf und er fuhr ihr behutsam mit den Fingern durch das verklebte, lange Haar. „Dich darf man wirklich nicht allein lassen!", murmelte er. „Ich bin fast umgekommen vor Angst." Energisch packte er sie am Arm und zog sie Richtung der Badekabinen der Spiaggia d' oro.

Mit bebenden Fingern steckte er den Schlüssel in ein Schloss an einem der vielen, nummerierten Holzhäuschen und öffnete die Tür. Zwischen Liegestühlen und einem Gummikrokodil zog er ein großes Badetuch mit aufgedruckter Giraffe hervor. „Sorry, das entspricht vermutlich nicht deinem Geschmack. Es gehört Chiara, meiner Tochter", murmelte er und legte das Tuch um Alessandras Schultern.

„Lass das!", wehrte sie ab, doch ihr Protest klang kläglich. „Ich muss noch zurückschwimmen. Ich habe doch all meine Klamotten in der Wohnung. Ich bin doch noch immer wieder zurückgeschwommen von hier aus."

„Bist du komplett übergeschnappt?", knurrte er. „Sicher nicht bei diesem Wellengang! Du wickelst dich jetzt hiermit ein, hüpfst ein bisschen herum, um dich warm zu halten, und ich hole inzwischen mein Auto. In zehn Minuten stehst du am Parkplatz dort draußen." Er deutete Richtung Jachthafen. „Capito?"

„Bist du jetzt etwa schon mein Vormund?", rief sie ihm hinterher, aber es klang eher dankbar als empört.

Er nickte.

Alessandra sah ihm nach, wie er davon spurtete. Es ist schon ein Weilchen her, dass sich jemand um mich Sorgen gemacht hat, dachte sie. Dann begann sie, wie befohlen, hin und her zu tänzeln. Ihr wurde tatsächlich etwas wärmer.

Im Restaurant Nero di Sepia herrschte trotz Wintersaison Hochbetrieb. Flavio hatte einen Fensterplatz ergattert. Aber in der Dunkelheit konnte man die sensationelle Aussicht leider nur erahnen. Ratlos saßen sie sich gegenüber, die mit aromatischem Arneis gefüllten Weingläser zwischen sich.

„Salute!", murmelte Flavio, aber sein Lächeln wirkte angestrengt.

Sie nahm einen kräftigen Schluck und atmete tief durch. Der Lärmpegel war beträchtlich, aber Alessandra war fast froh darüber. So konnte sie sich notfalls taub stellen und musste unangenehme Fragen erst gar nicht beantworten. Sie hätte seine Einladung sowieso nicht annehmen sollen. Bestimmt müsste er längst in Mailand sein, bei seiner Familie. Bei seiner Tochter, korrigierte sie sich.

Antonio, der charmante, kokette Kellner, den alle in ihr Herz geschlossen hatten, trat an den Tisch und verkündete strahlend die „Piatti del giorno", die Gerichte des Tages, als wären sie das Evangelium.

Flavio schlug ihr vor, zur Vorspeise eine Frittura di paranza zu teilen, eine Spezialität mit Fisch und Gemüse, alles frittiert. Bei der Wahl des Hauptganges, Pesce alla ligure, frischem Fisch nach ligurischer Art, griff sich Tommy entzückt an die Brust, verneigte sich theatralisch und benotete Flavios Wahl als `ottima scelta`, optimale Auswahl, was der höchsten Auszeichnung des Hauses entsprach.

„Nett hier!", sagten beide gleichzeitig und brachen in verlegenes Lachen aus. „Ich wollte dich nicht bevormunden!" Flavios Gesicht wurde ernst. „Aber bei mir schrillten sämtliche Alarmglocken, als ich dich allein ins Wasser steigen sah. Und dann konnte ich nur noch diese winzige Schwimmkappe ausmachen, so gefährlich weit draußen. Es ist mir echt peinlich, dass ich so hysterisch reagiert habe. Bestimmt hättest Du es auch ohne meine Hilfe geschafft. Ich weiß, ich leide an einem Helfer-Syndrom."

„Es tut mir ebenfalls leid, dass ich so ungehalten war. Schließlich war meine Schwimmaktion heute wirklich fahrlässig. Aber ich reagiere aus irgendeinem Grund generell allergisch auf Einmischungen, mögen sie noch so gutgemeint sein."

„Du scheinst auf vieles allergisch zu reagieren." Seine Stimme klang versöhnlich, beinahe sanft. „Du willst dich also nicht retten lassen?"

„Nicht jeden Tag." Sie lächelte. „Aber ich würde es mitteilen, wenn es nötig wäre. Signalisieren. Unmissverständlich."

„Auch mir gegenüber?"

Jedem gegenüber, wollte sie entgegnen. Aber irgendwie passte Ironie plötzlich nicht mehr. So beließ sie es bei einem Nicken.

Die Vorspeise wurde serviert, und sie verschlangen schnell und ohne bewusst wahrzunehmen, was sie aßen, die frittierten Tintenfischringe und Karottenstäbchen.

„Bist du wirklich eine dermaßen schwierige Frau?", fragte Flavio plötzlich übergangslos und sah ihr direkt in die Augen. „Warum bist du so getrieben?"

Schon wieder diese lästigen Fragen, dachte sie genervt. Doch was dieser Flavio konnte, beherrschte sie als Journalistin schon lange. Im Gebiet des Konversationen-Drehens war sie eine Meisterin. „Und was ist mit dir? Warum fährst du zurück nach Mailand, wenn du doch gar nicht mehr dorthin willst?", warf sie den Ball provokativ zurück.

Flavio fuhr sich mit beiden Händen über sein Gesicht. Dann verschränkte er die Arme und lehnte sich nach vorn: „Was soll's!" Er holte tief Luft. „Dann sprechen wir halt zuerst über mich. Ich vermute zwar, Bianca hat dir meine Geschichte längst erzählt. Das Hotel Nero steht an genialer Lage mitten im Zentrum in Mailand. Es gehört meiner Frau Bruna und mir je zur Hälfte. Zwar haben wir uns getrennt, aber ich versuche, meine Existenzgrundlage zu erhalten oder zu retten. Vorerst funktioniert das nur, wenn ich geschäftlich weitermache wie bisher. Doch mein Ziel ist ein baldiger Ausstieg. Ich werde zurückkommen, in meine alte Heimat, um mir hier etwas Neues aufzubauen."

Alessandra wartete darauf, dass er von seiner Tochter sprach.

„Und ich muss dabei auch an meine Tochter denken", fuhr er fort. „Chiara ist ein sensibles Mädchen in einem heiklen Alter."

„Sie ist zwölf, nicht wahr?"

„Zwölf!", bestätigte er, vielsagend seufzend.

„Hast du ein Foto von ihr dabei?" Was für eine einfältige Frage, fiel ihr ein. Welcher stolze Vater hatte nicht die Bilder seiner Kinder als Favoriten gespeichert.?

Flavio drückte kurz auf zwei Tasten seines Handys. Dann streckte er ihr das Gerät entgegen.

Das hübsche Mädchen, das seinen Kopf zärtlich an den Hals eines braunen Pferdes geschmiegt hatte, lächelte. Was auffiel, war die dominante Brille. Die blond gesträhnten langen Haare trug Chiara offen. Die vollen Lippen und die fast schwarzen Augen hatte sie von ihrem Vater. Doch woher kam dieser kokette, selbstverliebte Ausdruck?

„Ein entzückendes Mädchen. Sie sieht dir sehr ähnlich. Aber der Gesichtsausdruck ... du hast nicht zufällig auch ein Bild von ihrer Mutter auf dem Handy?"

Dass er nicht lange suchen musste, sprach Bände. Sein Herz war sichtlich immer noch bei seiner Frau, dieser Bruna.

Eine faszinierende Schönheit, musste Alessandra zugeben. Schwarzes, geometrisch geschnittenes Haar, dunkelrote Lippen, dramatischer Lidschatten. Cleopatra-Look. Die Frau machte einen strengen und sehr selbstbewussten, beinahe arroganten Eindruck.

„Und?", fragte er, und seine Stimme klang ironisch: „Welche Schlüsse zieht die Journalistin?"

„Signori!", rief Tommy. „Ecco il pesciolino", scherzte er, als er die Teller des Hauptganges servierte. „Buon appetito!" Happy sprang auf und schnupperte aufgeregt. Dann hielt er bettelnd das Köpfchen schief.

„Und?", insistierte Flavio.

Alessandra holte tief Luft. „Siehst du, das ist etwas, das mich gewaltig nervt an meinem Beruf. Jedes Mal, wenn ich eine Frage stelle aus echtem Interesse, dann wird mir unterstellt: Ach, da kommt die neugierige Journalistin."

„Sorry, ich wollte dich nicht beleidigen." Flavio wirkte echt betreten.

„Das hast du schon einmal gesagt, heute. Aber ok. Italiener haben doch diesen wunderbaren Ausdruck: `Come non detto`. Wie nicht gesagt oder schlichter: Vergiss es."

„Dann frage ich jetzt nochmals anders und ganz feierlich: Welche Schlüsse ziehst du als private Alessandra Janssen?"

„Dass deine Frau unglaublich attraktiv ist. Eine anziehende Person."

Er lachte bitter auf. „Tja, das Dumme daran ist, dass dies andere ebenfalls finden."

„Gibt es kein Zurück?", fragte sie leise und legte spontan ihre Hand auf Flavios Arm.

Er schüttelte den Kopf. Er schien die tröstende Berührung gar nicht zu beachten. Allzu sehr war er mit seinem Kummer beschäftigt. „Willst du etwa noch ein paar Fotos von ihm sehen? Dem Neuen? Er wird dich begeistern. Attraktiv, reich. Superman eben."

„Hör auf damit, bitte! Supermen interessieren mich nicht. Aber deine Chiara, die ist wichtig!"

Flavio zog hastig seinen Arm zurück. „Ach, vergessen wir das Thema." Er wandte sich seinem Teller zu. „Lass uns das Essen genießen. Dieser Fisch verdient unsere ganze Aufmerksamkeit. Buon appetito!"

Er nahm einen ersten Bissen. Dann meinte er lächelnd: „Aber meine Fragen nach dem Grund deiner wahnsinnigen Schwimmaktion vorhin hast du elegant abgewimmelt. Man drehe den Spieß einfach um. Diese Gesprächstaktik werde ich mir merken."

Glücklicherweise ersparte ihr das Klingeln seines Handys eine Antwort. „Nur zu!", nickte sie, als er sie entschuldigend ansah.

Er lauschte angestrengt in den Apparat, und in sein Gesicht stieg Zornesröte. „Das glaube ich jetzt nicht! Es war doch klar verabredet, dass Bruna diese Gruppe im Piano nobile unterbringt. Was heißt ausgebucht?" Er lachte trocken auf: „Tja, wenn die Signora das so behauptet ..." Dann, mit einem raschen Blick auf die Uhr: „Unter zweieinhalb Stunden schaffe ich das nicht, sorry. Offerieren sie diesen Engländern Prosecco. Und verbinden Sie mich mit der Reiseleiterin!" Aufgeregt sprang er auf und eilte mit dem Handy am Ohr vor die Restauranttür. Durch das Fenster beobachtete sie, wie er wild gestikulierend auf und ab schritt.

„Bitte entschuldige", sagte er, als er nach fünf Minuten außer Atem zurückkam.

„Schlimm?", fragte sie.

Er nickte. „Doppelbuchungen sind etwa vom Ärgsten, was im Management eines Hotels passieren kann. Bist du mir sehr böse, wenn ich jetzt überstürzt aufbreche? Ich konnte zwar die Gäste in einem Hotel in der Nachbarschaft unterbringen. Aber ich muss mich trotzdem noch persönlich kümmern."

„Kein Problem. Das verstehe ich doch."

„Aber versprich mir, dass wir unser Gespräch ein anderes Mal fortsetzen."

„Fahr ruhig!", lächelte sie und sah ihm nachdenklich nach.

„Wie kommst du eigentlich mit deinem verrückten Maler zurecht?", fragte Bianca, als sie die muffige Eingangshalle eines hässlichen Hochhauses betraten.

Alessandra zuckte mit den Schultern. „Momentan ist es anscheinend besser, wenn ich Enrico in Ruhe lasse. Euphorisierte Künstler sollte man nicht unterbrechen."

„Bist du dir sicher, dass du ihn nicht kontrollieren musst?" Bianca sah sie skeptisch von der Seite an und drückte dann auf den schmutzigen Liftknopf. „Nach dem, was du erzählt hast, scheint dieser Knabe doch ziemlich labil zu sein."

„Der Mann ist sechsundfünfzig!"

„Eben!" Bianca seufzte. „Du hast von Männern wirklich keine Ahnung!"

Dann waren sie im obersten Stock angelangt. Das angerostete Sicherheitsgitter öffnete sich nur zur Hälfte. Mühsam zwängten sie sich durch den engen Durchgang.

Bianca schob einen imposanten Schlüssel ins Hauptschloss einer glänzenden Mahagonitür. „Tja, man kann nicht vorsichtig genug sein!", grinste sie, während sie mit zwei weiteren Schlüsseln auch noch die anderen beiden Sicherheitsschlösser öffnete. Dann schob sie triumphierend die Tür auf.

Alessandra zuckte zurück, als ihr ein beißender Geruch von Javelwasser entgegenschlug.

„Candeggina!", erklärte Bianca. „Dieses grässlich aggressive Bleichmittel verwenden die Leute hier fast täglich zum Putzen und Desinfizieren. Und wie bei allem Gift handeln einfache Gemüter nach dem Prinzip: je mehr, desto besser." Mit dem

Taschenlampenlicht des Handys erhellte sie den langen, schmalen Flur.

Alessandra folgte ihr zögernd. Warum war Bianca nur auf die Idee gekommen, sie ausgerechnet bei dieser Wohnungsbesichtigung mitzuschleppen? Dieses seltsame Hochhausgebiet war doch wie eine Faust aufs Auge der historischen Stadt. Was sollte denn daran interessant sein?

Bianca schob die Wohnzimmertür auf, schritt zur Fenstertür und zog die Rollläden hoch. Das grelle Sonnenlicht fiel auf einen dunkelroten, hochpolierten Terrazzoboden und ein einsames Klavier.

Alessandra stutzte. Ein Klavier? Was mochten das für Bewohner gewesen sein, denen es in dieser Umgebung nach Klavierspielen zumute, war? Sie sah sich um. Sonst war der große, erstaunlich hohe, rosarot gestrichene Raum unmöbliert.

„Die Wohnung steht seit längerer Zeit leer. Der Besitzer war Vorarbeiter in der Teigwarenfabrik. Er musste, so wie einige andere seiner Arbeitskollegen, nach der Verlagerung der Firma mit umziehen an den neuen Produktionsort im Piemont", erklärte Bianca, während sie die Fenstertür öffnete und hinaus deutete. „Und jetzt verstehst du dann gleich, warum ich dir diese Wohnung unbedingt zeigen wollte."

„Wahnsinn!", entfuhr es Alessandra, als sie auf den großen Balkon trat. Die Aussicht war atemberaubend. Der Blick, der sich ihr bot, reichte vom Capo Berta im Osten bis nach San Lorenzo im Westen. Die auf einem Hügel liegende Altstadt von Porto Maurizio, die von der imposanten Basilika dominiert wurde, präsentierte sich in ihrer ganzen Schönheit. Unten im Hafen schaukelten die Yachten und Fischerboote wie kleine Spielzeugschiffe.

Bianca lächelte zufrieden. „Siehst du! Man sollte eben nie zu vorschnell urteilen. Alle rümpfen geringschätzig die Nase, wenn man den Namen dieses Quartiers, Terre bianche, erwähnt. Dabei liegen die Wohnungen hier zentral und die Bewohner sind äußerst freundlich. Fast zu allen Apartments gehört jeweils eine Garage. Eine Rarität hier. Darin hat allerdings höchstens ein winziges Auto wie ein Cinquecento oder Ähnliches Platz. Aber größere Autos sollte man hier sowieso nicht fahren.

Und schau mal", sie lief zurück ins Wohnzimmer, „hier gibt es sogar einen offenen Kamin. Für romantische Abende ist also auch gesorgt." Dann bedeutete sie Alessandra, ihr zu folgen. Sie gingen an drei weiteren Türen im Flur vorbei. „Bad, Elternzimmer, Gästezimmer", zählte Bianca auf. Der Raum für die Küche lag im hintersten Teil der Wohnung.

Alessandra stutzte, als sie die nackten Wände und Leitungsrohre sah. „Ich habe gemeint, es hätte sich auch bei euch endlich durchgesetzt, dass Küchen eingebaut sind und fix zur Wohnung gehören?"

Bianca schüttelte den Kopf. „Warum auch? Es ist doch viel schöner, wenn man sich die Küche nach eigenem Gusto zusammenstellen kann."

„Vielleicht schön. Aber unpraktisch. Und nicht umweltfreundlich. Jedes Mal, wenn man umzieht, muss man sich eine neue Küche kaufen. Und die alte, die in den Dimensionen nicht mehr passt, entsorgen."

„Hier ziehen die Menschen aber nicht ständig um, Carissima. Hier herrscht nicht eure Umtriebigkeit. Jeder bleibt in seiner Wohnung, bis er nicht mehr kann. Auch wenn sie zu groß oder zu klein geworden ist."

„Das klingt aber nicht unbedingt positiv für dein Geschäft. Und man fragt sich, warum es dann hier dennoch diese unzähligen Immobiliarebüros gibt. Mit dermaßen vielen Angeboten."

„Lass dich nicht täuschen! Ist dir noch nicht aufgefallen, wie viele dieser Büros die gleichen Objekte anbieten? Es gibt sogenannte Pools. Die einen bringen ein Verkaufsobjekt, die anderen einen Käufer. Dann teilt man sich die Provision. Wer nicht zusammenarbeitet, geht unter in diesem Business. Es sei denn, er ist top exklusiv."

„Und du? Du bist selbstverständlich top exklusiv?"

„Ja," antwortete Bianca schlicht. Sie verzog dabei keine Miene.

Alessandra musterte verblüfft ihre Freundin. Deren Selbstbewusstsein war beneidenswert. „Das war mir schon klar. Aber sag mal, wer soll denn diese Wohnung hier kaufen?"

„Warum? Gefällt sie dir?"

Alessandra zögerte. „Sagen wir: Ich bin positiv überrascht. Der Baustil entspricht zwar nicht meinem Geschmack. Aber wenn man drin ist, vergisst man die äußere Hässlichkeit. Eigentlich ein seltsamer Gedanke. Letztlich würde das nämlich bedeuten, dass man, statt sich selbst oder seine Hausfassade schön herzurichten, sich besser attraktive Freunde oder eben tolle Aussichten suchen sollte."

Bianca grinste. „Du meinst, den ganzen Aufwand mit meiner dicken Schminke könnte ich mir schenken? Und mich stattdessen an deinem Anblick erfreuen?", feixte sie. Dann wurde ihr Gesicht wieder ernst: „Aber jetzt ganz ehrlich: Gefällt dir die Wohnung?"

„Ich gebe es zu: Der Gedanke, an dieser genialen Aussichtslage zu wohnen, hat wirklich etwas Faszinierendes. "

Bianca strahlte. „Ich wusste, dass du das sagst!"

„Und? Hast du schon Interessenten?"

„Ja." Sie machte eine theatralische Pause. „Mich."

„Du?" Alessandra blieb vor Staunen der Mund offen. Diese Neuigkeit musste sie erst mal verdauen. Die kleine Wohnung, die Bianca im Hinterland bewohnte, war zwar nicht berauschend, aber gemütlich eingerichtet. Und sie befand sich doch idealerweise unmittelbar in der Nähe der Mühle ihrer Eltern. „Was passt dir denn plötzlich nicht mehr an deiner Wohnung?"

„Alex! Das fragst du jetzt nicht im Ernst!" Bianca verdrehte die Augen. „Ich habe nun fast fünfzig Jahre lang zuunterst im Tal in einem feuchten Schattenloch gehaust. Das einzig Berauschende daran war die Nähe des Flusses. Ich brauche endlich Licht! Weitsicht!"

Alessandra nickte nachdenklich. „Ich verstehe. Der freie Blick auf flaches Land oder Meer war mir auch immer wichtig. Aber sag schon, was meinen deine Eltern zu diesen Plänen?", fragte sie schließlich.

„Die wissen noch nichts. Ich bin immer noch am Verhandeln. Der Preis ist noch zu hoch und der Besitzer leider ein harter Verhandlungspartner." Sie wischte sich theatralisch mit dem Handrücken über die Stirn und seufzte tief.

„Du wirst ihn schon mit den richtigen Argumenten überzeugen." Alessandra betrachtete liebevoll ihre seltsame

Freundin, das tiefes Dekolletee, den engen, breiten Silbergürtel, die dramatisch schwarz umrandeten Augen. Dann sagte sie ohne jeden Spott in der Stimme: „Der Mann, der dir widerstehen kann, muss erst geboren werden."

Bianca zog die Augenbrauen hoch und grinste. Dann zog sie Alessandra zur Rückseite der Wohnung. „Das Schönste habe ich dir gar noch nicht gezeigt!" Triumphierend schob sie den vergilbten Vorhang des Küchenfensters zur Seite und deutete hinaus. „Schau mal. Von hier aus blickt man direkt in einen Olivenhain!"

Alessandra staunte. „Wir befinden uns doch, wenn ich richtig gezählt habe, im sechsten Stock?"

Bianca strahlte. „Genial, nicht wahr? Weil das Gelände so steil ist, liegt dieser Olivenhain trotzdem auf Augenhöhe, direkt vor der Küche." Sie drehte sich um. „Vielleicht gelingt es mir ja damit, meinen Vater zu überzeugen. Bei Olivenhainen kann er eigentlich nie nein sagen."

„Wer weiß denn noch von deinem Projekt außer mir?", fragte Alessandra, als sie wieder auf die Straße traten.

„Nur mein Bruder."

Flavio? Er als offensichtlicher Ästhet dürfte vermutlich nicht gerade begeistert sein darüber, dass seine Schwester in ein hässliches Hochhaus ziehen wollte. „Und, was meint er dazu?"

„Er unterstützt mich logischerweise. Schließlich ist er mein Bruder. Wir waren unser ganzes Leben lang stets einer Meinung!"

„Ach ja?", entfuhr es Alessandra. „Seid ihr nicht extrem verschieden?"

„Verschieden? Lass dich doch nicht immer von Äußerlichkeiten beeinflussen in deinem Urteil! Was weißt du schon von meinem Bruder?" fauchte sie dann mit funkelnden Augen.

Alessandra musterte ihre Freundin erstaunt. Sie hatte diese kleine, kratzbürstige Person wirklich ins Herz geschlossen. Liebevoll versetzte sie ihr einen Schubs und lächelte versöhnlich. „Nichts, das stimmt. Und immerhin wollte dein Bruder mich vor dem Ertrinken retten."

„Ich weiß. Und du hast ihm ganz schön zugesetzt."

„Zugesetzt?"

Bianca rollte die Augen und zog eine Grimasse. „Tu nicht so unschuldig. Als ob du nicht wüsstest, dass du ihm den Kopf verdreht hast."

„Ich?" Alessandra schüttelte ungläubig den Kopf. „Sicher nicht!"

„Warum fragt er dann ständig nach dir?"

Alessandra zuckte die Schultern. „Komm, lassen wir das Thema. Erzähl mir lieber, wann wir Einweihung in deinem luftigen Palast da oben feiern werden!"

„Schon gut. Lenk du nur ab!", brummte Bianca. „Aber lass es dir gesagt sein, und zwar von einer Expertin: Von Männern hast du wirklich keinen Schimmer!"

Besorgt beobachtete Happy Alessandras Hände, die plötzlich aufgehört hatten, über die Tasten zu fliegen. Bis jetzt war es immer eine friedliche Zeit gewesen, wenn Frauchen den zweiten Bürostuhl neben sich an den Schreibtisch geschoben hatte, extra für ihn, damit er zusehen konnte, wenn sie schrieb. Als Alessandra abrupt aufsprang, fiel er vor Schreck vom Stuhl.

Sie hatte es nicht einmal bemerkt. Ratlos schritt sie im Wohnzimmer auf und ab. Es war zum Verzweifeln. Dabei hatte es so gut angefangen mit dem Ligurien-Roman. Die schräge Hochhausgeschichte war ein origineller Einstieg gewesen. Überhaupt war Bianca eine anregende Vorlage für die fiktive Hauptfigur. Die ersten drei Kapitel waren flüssig und packend geschrieben.

Beim Recherchieren hatten sie die spannenden Geschichten der liebenswerten Familie Sposato immer mehr gepackt. Und die Location war genau ihr Fall. Der Kontrast der quirligen Kleinstadt am Meer und dem verträumten Hinterland mit den Olivenhainen und intakten Bergdörfern war faszinierend. Sie hatte Bianca zu Wohnungsbesichtigungen und Verkaufsverhandlungen begleitet, mit Bauern geredet, sogar Biancas geliebte Keramikwerkstatt in Albissola besichtigt. Ihre Freundin hatte Abende lang erzählt, von ihrer Jugend in der Mühle und von ihren Liebesabenteuern.

Doch jetzt harzte es plötzlich mit dem Schreiben. Etwas fehlte. Aber was? Alessandra trat nervös von einem Fuß auf den anderen, während der vierte Espresso in die Tasse lief. Oder war es der sechste?

Sie starrte aus dem Fenster, aber auf der Piazza und am Meereshorizont war genauso wenig los wie auf ihrem Bildschirm. Verflucht! Sie war doch ein Profi. Sie wusste genau, wie man einen Roman aufbaute, strukturierte. Die Theorie der Heldenreise kannte sie aus dem Effeff. Das Rezept war doch so simpel. Die

Protagonistin brauchte einfach nur ein wichtiges Ziel zu verfolgen. Eine Mission! Und dabei alle Widerstände überwinden.

Aber was war denn eigentlich Biancas zentrales Ziel? Die Wohnung im Hochhaus? Ein neuer Lover? Das konnte ja nicht alles sein! Was trieb ihre Protagonistin tief im Innersten an? Ihre Keramikkunst, die sie in letzter Zeit aufs Schändlichste vernachlässigt hatte? Die Sehnsucht nach dem passenden Du? Hatte sie die wahre Motivation ihrer faszinierenden Freundin doch noch nicht vollständig erkannt?

Erschöpft ließ sich Alessandra in den Hängesessel sinken, den Bianca ihr ins kleine Vorgärtchen gestellt hatte. Wie hatte sie das Monstrum schon wieder genannt? Richtig: Traumschwinger.

Mit einem kühnen Sprung landete Happy auf ihrem Schoss und kuschelte sich ein. Sie stieß mit dem Fuß ab und genoss das sachte Schaukeln. Sanft streichelte sie Happys struppiges, braunes Fell. Und wie steht es denn eigentlich mit meinem eigenen Ziel?, schoss es ihr unvermittelt durch den Kopf. War es Verarbeiten? Vergessen? Natürlich war dies in den letzten beiden Jahren ihr Hauptbestreben gewesen. Als sie wie in Trance durchs Leben gewankt war. Ihr ganzes Denken und Fühlen hatte sich auf die Vergangenheit bezogen. Auf die Zeit mit Sven.

Aber das konnte nicht für immer ihr Lebensinhalt sein! Welche Leidenschaft zählte heute? Was war wirklich wichtig? Das Schwimmen? Enricos Biografie? Der neue Roman? Sicher. Das war alles wichtig. Aber wo blieb sie bei all dem? Alessandra Janssen ganz persönlich?

Als sie noch mit Sven zusammengelebt hatte, hätte sie ohne zu überlegen geantwortet: Meine Treibkraft ist die Liebe. Doch nun war Sven tot. Wäre es denkbar, dass nochmals eine neue, große Liebe in ihr Leben trat? Dieses unbestimmte Verlangen, das ihr Herz erfüllte – war dies die Sehnsucht nach einem geliebten Du? Sie schaute aufs Meer. Wo war dieses Du? Vielleicht dort drüben, am anderen Ufer? Im Westen? Im Osten?

In der Wohnung über ihr öffnete jemand ein Fenster. Sie blickte hinauf, und eine alte Signora winkte ihr freundlich zu. Dann beugte sie sich über die Brüstung und zog an einem Wäscheseil, um ein Nachthemd und ein paar Socken einzusammeln. „C`è il sole malato!", murmelte die Alte und deutete zum dunstigen Himmel, bevor sie das Fenster schloss.

Il sole è malato? Die Sonne ist krank? Wie lange hatte Alessandra diesen Satz nicht mehr gehört! Genau das hatte ihre Nonna auch immer gesagt, wenn ein Dunst oder leichter Nebel die Kraft der Sonne schwächte. Ihr wurde plötzlich warm ums Herz. Und es durchströmte sie eine Eingebung. Eine neue Gewissheit. Da, wo Menschen solche poetischen Sätze sagten, da war sie zuhause. Da, wo man sich in dieser wunderbaren Sprache ausdrückte, da spürte sie ihre Wurzeln.

Sie schloss die Augen und lächelte: „Was auch immer geschieht, Happy: Eins steht fest. Wir zwei bleiben hier! Hier, in diesem Land." Zärtlich drückte sie den kleinen Hund an sich: „Per sempre. Für immer."

Mit leichten Schritten ging sie zurück in die Wohnung und setzte sich wieder an den Schreibtisch. Ihre Hände flogen über die Tasten, als hätte es nie ein Zögern gegeben. Endlich wusste sie, wie es weiterging in ihrem Leben. Und auch im Roman. Es war ganz einfach.

Sie saßen an einem der schönsten Plätze Imperias, an der Spiaggia d' oro. Im Ristorante Altamarea war sonst über Mittag Hochbetrieb, aber sie hatten sich schon auf zwölf Uhr verabredet, um sicher einen Platz im Freien, direkt am Sandstrand, zu ergattern.

Alessandra bestellte für beide einen Vorspeisenteller und Prosecco, während Bianca nervös in einer Aktenmappe kramte.

Alessandra beobachtete das Treiben am Strand. Am Ufer entwirrte ein Vater im Businessanzug die Fäden eines Drachens und ließ das Plastikungeheuer dann endlich steigen. Zwei Kinder verfolgten jubelnd den wilden Tanz des Drachens, während das dritte, größte Kind die Fäden unbedingt selbst in die Hand nehmen und das Ungeheuer lenken wollte. Als der Vater das Kommando nicht sofort abgab, warf sich das Kind schreiend in den Sand.

„Schau mal, gleich greift die Mutter ein!", rief Alessandra. „Und jetzt hintergeht der Vater doch tatsächlich dieses arme Kind. Er gibt die Fäden zwar scheinbar ab, aber dirigiert es an den Oberarmen so raffiniert, dass das Kind glaubt, selbst über den Drachen zu bestimmen."

„Es bescheißen doch alle!", schniefte Bianca, und Alessandra stutzte. Was war los?

Als der Kellner, der die beiden herrlich dekorierten Antipastiteller vor sie hingestellt hatte, sich abwandte, brach Bianca plötzlich in Tränen aus.

Alessandra hatte ihre Freundin noch nie weinen sehen. Und Bianca schien nicht nur traurig, sondern auch zornig zu sein. Wütend schob sie den Teller von sich. „Ich bring keinen Bissen herunter!", schluchzte sie.

Wenn Bianca nicht essen konnte, musste es wirklich schlimm sein. „Was ist denn passiert?"

Bianca schniefte. „Ich komme soeben vom Notar. Der hätte einen Vorvertrag für die Wohnung im Hochhaus aufsetzen sollen."

„Und? Das klingt doch gut. Du hast ja erzählt, dass du den Verkäufer endlich auf dein Angebot herunterhandeln konntest."

„Vergiss es!" Wütend packte Bianca ihren Teller und erstach mit der Gabel den liebevoll arrangierten Zucchiniflan. Dann schaufelte sie, ohne aufzublicken, den Fischtatar in sich hinein und leerte das halbe Proseccoglas in einem Zug.

„Bianca, bitte! Erzähl schon! Was war los beim Notar?"

„Es gibt eine Hypothek auf der Wohnung."

„Na und? Das ist doch keine Katastrophe. So eine Hypothek kann man ja ablösen bei der Eigentumsübertragung. Dieser Teil des Kaufpreises geht dann einfach an die Bank. Das wird doch in Italien nicht anders sein als in Deutschland."

„Ha! Deutschland!" Bianca lachte trocken auf. „Und was macht ihr in deinem Deutschland, wenn die Hypothek fast doppelt so hoch ist wie der Kaufpreis? Bezahlt ihr dann einfach so locker das Doppelte?" Ihre Stimme klang zynisch.

„So etwas kann ja gar nicht sein!", wandte Alessandra ein, aber an Biancas Gesichtsausdruck las sie ab, dass die Geschichte sehr wohl stimmte. „Und was sagt der Verkäufer dazu? Hast du ihn schon damit konfrontiert?"

„Sicher. Zuerst spielte er den Überraschten. Dann behauptete er, dass sein Neffe alle seine Bankangelegenheiten erledige und er von nichts wisse. Und am Schluss meinte er, dass der Preis sich demnach halt leider auch verdoppeln müsse." Grimmig biss sie in ein frittiertes Stück einer Languste und spülte dieses mit dem Rest des Proseccos hinunter. Dann wischte sie sich energisch den Mund ab. „Entschuldige bitte. Das hat mich jetzt komplett aus der Fassung gebracht. So ein netter Herr war das!"

„Und so ein Gauner," entfuhr es Alessandra. „Dabei hattest du dich so auf die Wohnung gefreut. Das tut mir wahnsinnig leid!" Tröstend fuhr sie Bianca über den linken Unterarm.

Bianca fischte sich ein Taschentuch aus der engen Jeans und putzte sich energisch die Nase. „Ich hatte mich so auf diesen Neuanfang gefreut. Vor meinem geistigen Auge hatte ich die Wohnung bereits eingerichtet. Ich sah mich am Kamin sitzen, beim Sonnenaufgang auf die Stadt gucken und am Abend in den Olivenhain." Plötzlich grinste sie: „Da hat mir der Alte doch tatsächlich sein altes Klavier angeboten. Als Trost. Ich kann ja darauf `Time to say goodbye` spielen."

„Oder Bachs `Wir setzen uns mit Tränen nieder`." Alessandra war erleichtert, dass Bianca ihren Humor wiedergefunden hatte. „Aber nimm es doch, das Klavier! Als Entschuldigung."

„Und wohin damit? Meine enge Bude ist jetzt schon vollgestopft."

„Du wirst einen Platz finden", sagte Alessandra und zwinkerte vieldeutig.

„Du meinst, in einer anderen Wohnung?"

„Genau! Von deiner alten Wohnung hast du dich doch geistig längst verabschiedet. Vielleicht ist es tatsächlich Zeit für Neues. Dann findest du todsicher etwas anderes. Sogar etwas Besseres! Etwas mit Weitsicht. Du sitzt schließlich an der Quelle."

Man sah es Bianca an, wie es hinter ihrer Stirn zu arbeiten anfing. Vermutlich scannte sie jetzt geistig alle Immobilien aus ihrer Kartei durch. Plötzlich begann ihr Gesicht zu strahlen. „Ich habe da so eine Idee."

Villa mit Meerblick?

In der Ölmühle war es zu einem wüsten Tumult gekommen. Ein Olivenbauer verdächtigte den Mühlenbesitzer, sein kostbares extra vergine Öl mit dem minderwertigen des Nachbarn gepanscht zu haben. Von Biancas Vater hatte Alessandra erfahren, dass unter den Olivenbauern großes Misstrauen herrschte. Denn jeder war überzeugt, dass sein Öl das beste sei. Diese Vorstellung hatte sie inspiriert, bewies die Geschichte doch, wie stolz die Bauern auf den hartverdienten Ertrag ihrer Arbeit waren.

Alessandra war so in das Schreiben an dem Roman über Bianca vertieft, dass sie das Klingeln gar nicht hörte. Erst als Happy aufsprang und bellend zur Tür rannte, schaute sie missmutig auf, genervt über die Störung.

Der Mann, der an die halb geöffnete Fenstertür klopfte, strahlte über das ganze Gesicht. Happy drängte sich begeistert durch den Türspalt und überrannte den Besucher mit stürmischen Freudensprüngen. So blieb ihr wenigstens kurz Zeit, ihre Gedanken und ihr Haar etwas in Ordnung zu bringen.

Flavio? Er sah entspannter und besser aus als bei der ersten Begegnung. Über dem weißen Hemd trug er eine hellblaue Weste, passend zur Farbe der Jeans. Der Dreitagebart verlieh seinem Gesicht etwas Verwegenes. Die Pilotenbrille hatte er sich aufs Haar geschoben. „Was führt denn dich hierher? Komm herein!" Hastig schob sie den Stapel mit den Notizen zusammen und deutete auf einen Stuhl.

Mit beiden Händen wehrte er ab. „Nein, nein, ich will dich nicht stören. Ich sehe, du bist am Arbeiten." Er wies auf den flimmernden Bildschirm. „Sorry. Ich wollte dich eigentlich nur zu einer Schwimmrunde überreden. Bei diesem herrlichen Wetter täte dir ein bisschen frische Luft vielleicht gut. Das Meer ist im Moment zahm wie," er zögerte, „... zahm wie ein Schaf."

„Interessanter Vergleich!" Sie lachte laut heraus. „Du meintest vermutlich, lammfromm." Dann spähte sie an ihm vorbei hinaus. Das Wasser war tatsächlich spiegelglatt. „Gibst du mir zehn Minuten?"

Er wies auf seine Sporttasche, die er auf den Boden gestellt hatte. „Auch zwanzig. Aber darf ich mich hier irgendwo umziehen? Ich habe mir auch einen Neoprenanzug mitgebracht. Sicher ist sicher, und das Wasser für meine verweichlichte Kondition saukalt."

Die unbeschwerte Bewegung im Wasser war fantastisch. Alessandra kraulte voraus, spürte aber, dass Flavio dicht hinter ihr war. Sie beschleunigte, doch er ließ sich nicht abhängen. Keuchend durchpflügten sie die Bucht und liessen sie sich am Ziel, an der Spiaggia d' oro, in den Sand fallen.

„Herrlich! Und zu zweit zu schwimmen macht sehr viel mehr Spaß als diese einsamen Runden." Er drehte sich auf den Bauch und musterte Alessandra unverhohlen. „Alle Achtung: Du bist ganz schön fit!", nickte er schließlich anerkennend. „Machst du Krafttraining?"

„Klar. An der Tastatur meines Computers", lächelte sie. „Doch im Ernst: Ich schwimme wirklich täglich ...". Sie zögerte, als sie sein besorgtes Gesicht sah, „...täglich, außer bei starkem Wellengang, wollte ich sagen. Mach dir keine Sorgen. Ich begehe zwar viele Fehler im Leben, aber jeden davon nur einmal. Aber ich bin natürlich auch jeden Tag zweimal für eine längere Runde mit Happy unterwegs."

„Dein Hund ist ein lustiger Kerl."

Sie nickte. „Ich kann mir ein Leben ohne ihn gar nicht mehr vorstellen. Meine Schwester hat ihn für mich aus dem Hundeheim geholt. Sie meinte damals, so ein fröhlicher Struppi würde mir helfen ..."

„Helfen dabei, die Trauer zu überwinden, ich verstehe," half er ihr dabei, um den schwierigen Satz herumzukommen. „Bianca hat mir erzählt von deinem schweren Verlust. Ich kann leider auch nicht mehr sagen, als dass es mir leidtut. Es muss eine schreckliche Erfahrung gewesen sein. Wenn ich etwas für dich tun kann ..."

„Danke." Alessandra begegnete offen seinem Blick. „Es wird jeden Tag etwas leichter. Vielleicht tut es ja eines Tages wirklich nicht mehr weh." Abrupt erhob sie sich und versuchte, zu lächeln. „Komm, lass uns zurückschwimmen. Diesmal gewähre ich dir einen Vorsprung."

„Unser Wettschwimmen war zwar herrlich. Das sollten wir zur Gewohnheit werden lassen, wenn ich endlich für immer hier in der Stadt bleiben kann. Aber jetzt habe ich ein rabenschwarzes Gewissen, weil ich dich so lange vom Schreiben abgehalten habe", sagte Flavio, als er umgezogen zurück ins Wohnzimmer trat. „Wie kann ich das bloß wiedergutmachen?"

„Zu schwimmen war doch eine tolle Idee", rief Alessandra aus dem Bad. Sie trat unter die Tür, während sie sich mit einem Tuch die Haare trocken rubbelte. „Im Moment läuft es zwar wie geschmiert, aber nach sechs Stunden am Computer brauchte selbst ich eine Abwechslung."

„Und jetzt?"

Alessandra zögerte.

„Wie wäre es, wenn wir das so jäh abgebrochene Abendessen nachholen würden?"

Als sie nicht antwortete, trat er näher an sie heran und sah ihr in die Augen. „Es tut mir so leid, dass ich dermaßen überstürzt aufbrechen musste. Ich habe so oft an unsere Gespräche zurückgedacht."

Sie nickte. „Schon ok. Prosecco gefällig? Mit diesem Rezept hast du doch an jenem Abend deine gestrandeten Hotelgäste getröstet."

Ohne seine Antwort abzuwarten, holte sie aus dem Kühlschrank eine Flasche und drückte sie ihm in die Hand. Vom offenen Gestell in der Küche angelte sie zwei Kristallkelche. Sie trat auf den Sitzplatz und stellte die Gläser auf den kleinen Eisentisch.

Flavio folgte ihr, und während er die Flasche öffnete, deutete er mit dem Kinn Richtung Westen. „In einer Stunde geht die Sonne unter." Dann schenkte er ein.

„Ich liebe diese Tageszeit!", flüsterte Alessandra, als sie sich setzten. Dann hob sie ihr Glas. „Salute!"

Schweigend schauten sie zu, wie der Himmel sich verfärbte. Das sanfte Rosa verwandelte sich allmählich in ein kräftiges Orange.

„Musst du nicht zurück?", unterbrach Alessandra schließlich die Stille.

Flavio schüttelte den Kopf und starrte lange auf seine Schuhspitzen. Endlich sagte er mit belegter Stimme: „Ich werde nicht mehr ins Hotel zurückkehren. Es reicht. Bruna hat hinter meinem Rücken einen neuen Rezeptionisten angestellt. Dreimal darfst du raten, wen."

Alessandra wollte etwas Tröstendes sagen, aber er wehrte ab: „Lass nur. Das Ganze ist genau das, was ich noch gebraucht habe, um endlich aufzuwachen. Nun habe ich mir ein paar Tage frei genommen. Ich werde die Zeit nutzen, um gezielt etwas zu suchen."

„Ein Hotel? Hier?"

Er nickte. „Genau. Hier an der Küste. Zwischen Bordighera und Alassio. Am liebsten direkt hier in Imperia, meiner Heimatstadt. Und ich habe sogar schon ziemlich genaue Vorstellungen." Er räusperte sich.

Ich weiß nicht, ob dir Bianca von dem Fiasko letztes Jahres erzählt hat. Mein Vater und sein bester Freund hatten die Absicht, da eine alte Villa zu kaufen, und das marode Gebäude zu einem kleinen, aber feinen Hotel umzubauen. Mit mir als Geschäftsführer." Flavio machte eine Pause und schenkte nochmals von dem Prosecco nach. „Nun, das ging gründlich daneben. Der Freund hat ihn auf fieseste Art hintergangen."

„Ich habe davon gehört. Eine riesige Enttäuschung."

Flavio rieb sich das Kinn. „Gewisse Rückschläge kann man nicht vermeiden, wenn man vorwärts gehen will. Aber die

Grundidee war richtig. Wenn ich eine geeignete, alte Villa fände; ich würde sofort einsteigen.“

Alessandra schaute in den inzwischen violettfarbenen Himmel und seufzte sehnsüchtig: „Eine verwunschene Villa mit Meerblick und Park. Natürlich mit Bogenfenstern, Turm und acht bis zwölf exquisiten Gästezimmern.“

„Warum kennst du meinen Traum?“

„Meine heißgeliebte Nonna war die gleiche Romantikerin wie ich. Wir haben oft gesponnen, wenn ich die Ferien bei ihr im Veneto verbracht haben. Sie hat mir geniale Villen gezeigt.“

„Solche gibt es glücklicherweise auch hier. Auf morgen hat mir Bianca bereits zwei Besichtigungen organisiert. Es sind allerdings Umbauobjekte. Das würde bedeuten ...“

... „dass du eine Zeitlang überbrücken müsstest, bis dein Hotel betriebsbereit wäre. Und dass vermutlich eine ganz gewaltige Investition nötig würde. Kapital. Aber wenn das Objekt stimmt, wäre es alle Opfer wert.“

Er sah sie erstaunt an. „Du redest so, als sei das Ganze auch dein Traum.“ Er schüttelte den Kopf. „Soll einer aus dieser Frau klug werden!“ Dann wurde sein Gesicht ernst: „Vermutlich darf ich dich nicht darum bitten, uns morgen zu begleiten?“ Er deutete ins Wohnzimmer zum Schreibtisch. „Du hast bestimmt zu tun.“

Alessandra überlegte kurz. „Weißt du was? Ich schlag dir einen Deal vor. Wir verzichten heute aufs Abendessen. Ich schreibe noch zwei drei Stunden, denn ich wäre jetzt eigentlich sehr motiviert. Dafür komme ich morgen mit. Das könnte ich dann unter dem Titel 'Recherche' rechtfertigen.“

Flavio erhob sich. „Ich habe den Wink verstanden. Ich fliege! Du ahnst nicht, wie mich deine Zusage freut. Dürfen wir dich um neun Uhr abholen?"

Alessandra nickte und streckte ihm die Hand hin. Aber er beugte sich über sie und küsste sie auf die Wange. Hastig, ein bisschen verlegen sogar.

Warum denn verlegen, dachte sie, als er gegangen war. Es war doch normal, dass er sich von der besten Freundin seiner Schwester mit einem Kuss verabschiedete. Seine Haut schmeckte nach Salz. Und er roch nach ... ja wonach? War es möglich, dass ein Mann nach Mimose duftete?

Hastig verwarf sie ihre seltsamen Gedanken und machte sich an den Text. Wo war sie stehen geblieben? Die Olivenbauern beschimpften sich noch immer. Sie würde den Streit noch ein bisschen hochpushen. Danach würde sich alles in Wohlgefallen auflösen. Irgendwie war ihr heute nach Happy End zumute. Einem kleinen Happy End wenigstens.

Villa Serena

„Der Gärtner dieses Anwesens ist offenbar schon vor einigen Jahren verstorben", witzelte Flavio, als sie auf der breiten Zugangstreppe der Villa Serena oberhalb von Alassio über Haufen von abgestorbenen Ästen und Zweigen kletterten. „Und der fiese Palmrüssler hat auch brutal zugeschlagen!", deutete er auf die tristen Stümpfe der riesigen Phoenixpalmen, an denen nur noch ein paar graue, vertrocknete Wedel hingen.

„Wo nicht?", entgegnete Bianca. „Es ist eine Katastrophe," wandte sie sich an Alessandra. „Diese Schädlinge haben die stolzen Palmenbestände von Bordighera und San Remo, ja eigentlich die von der ganzen Mittelmeerregion praktisch zerstört. Auch hier wurden fast alle Phönixpalmen vernichtet. Die Forscher und Botaniker müssen hilflos zusehen. Und das sachgerechte Entsorgen der befallenen Pflanzen kostet ein Vermögen. Im Moment verschonen die Biester wenigstens noch die Dattelpalmen. Aber wie lange?"

Eine große Möwe verteidigte kreischend ihre Plattform auf dem höchsten Strunk, auf der sie sich niedergelassen hatte.

„Historismus vom Feinsten," grinste Bianca, als sie auf die reich verzierte Fassade der Villa Serena zeigte. „Ein bisschen Neoromantik, ein wenig Neugotik, Neobarock. Sucht euch etwas aus".

„Gigantisch!", entfuhr es Flavio. Und das gigantisch bezog sich nicht auf die Schönheit des ockerfarbenen Gebäudes, sondern auf dessen Dimensionen.

„Ich hatte dich gewarnt, Bruderherz!" Bianca schob die Eingangstür auf. „Aber die Böden sind perfekt!", wandte sie ein, als Flavio skeptisch die Wände mit den tiefen Rissen inspizierte. Sie sprang probehalber in die Luft. „Hält!", lächelte sie befriedigt und deutete auf die Keramikfliesen, deren kleingemustertes, grafisches Trompe-l'oeil-Muster Alessandra ganz schwindlig machte. „Aber das Schönste ist die Deckenmalerei." Triumphierend öffnete sie die Wohnzimmertür. Drei blumenumkränzte Engel winkten aus vier Metern Höhe den Besuchern zu.

Flavio winkte zurück und beugte sich dann hinunter zu einem Foto, das einsam an einem Reißnagel mitten an der langen, in Hellblau gestrichenen Wand hing. „War das die Besitzerin?"

„Eine der vier Schwestern. Die hier ist vermutlich Rosa Maria. Diejenige, die am längsten gelebt hat."

„Wie kommst du drauf? Kanntest du sie?"

„Nein, aber schau, im Hintergrund sieht man den Heizkörper, der dort drüben hängt. Und solche Typen hat man erst seit zwanzig Jahren hergestellt. Die anderen Schwestern sind schon länger tot."

Lange betrachtete Alessandra das Bild. Rosa Maria trug eine violette Bluse mit Stehkragen und hatte sich herausgeputzt. Sie war ein zierliches Persönchen mit Schlupflidern, einer spitzen Nase und Perlohrringen. Bestimmt war sie sich verloren vorgekommen in diesen riesigen Räumen, überlegte Alessandra. Aber man konnte sich auch täuschen. Vielleicht hatte sie auch mit giftiger Stimme Regiment geführt über ihre drei Schwestern?

Neugierig folgte sie den beiden anderen in den nächsten Raum, ein überdimensioniertes Badezimmer mit einer nostalgischen Wanne mit vergoldeten Füssen. Die Armaturen waren verrostet. Die Küche lag auf der Nordseite, und das kleine, vergitterte Fenster ließ nur wenig Licht ein. Trotzdem konnte man den Schimmel an der feuchten Wand gut erkennen.

Bianca führte sie ins nächste Zimmer. Offenbar war dies der Hauptraum. Routiniert überlistete sie den komplizierten Verschlussmechanismus der Fensterläden. Als endlich das grelle Tageslicht in den riesigen Raum strömte, trat Alessandra instinktiv einen Schritt zurück. So ein kräftiges Indigoblau, und dies an allen Wänden, das hatte sie noch nie gesehen.

Bianca bemerkte ihren verwunderten Blick. „Blau war damals die teuerste Farbe und deshalb den Reichen vorbehalten," erklärte sie. „Und bei dieser Familie galt offenbar klotzen, nicht kleckern."

In der Mitte des Raumes stand ein einsamer Holztisch mit zwei Stühlen. Flavio zeichnete mit dem Finger gedankenverloren etwas in den Staub auf der polierten Holzplatte. Dann straffte er die Schultern und schüttelte den Kopf.

Bianca verdrehte die Augen. Sie hatte verstanden. „Sorry, aber du wolltest doch unbedingt herkommen. Ich hatte dir das Exposé vorher gezeigt."

„Ich weiß, Schwesterherz. Sei mir nicht böse. Aber ein Plan und Fotos reichen leider nicht aus, um sich ein Urteil zu bilden. Man muss die Atmosphäre selbst spüren."

„Dann willst du den oberen Stock und das Turmzimmer also gar nicht mehr sehen?" Bianca konnte nicht verhehlen, dass sie sauer war.

„Eigentlich nicht. Danke."

Alessandra war enttäuscht über den abrupten Abbruch der Besichtigung. Wenigstens das Turmzimmer hätte sie sich doch gerne angeschaut. „Darf ich trotzdem schnell hoch, während ihr die Fensterläden schließt?", fragte sie. „Vielleicht kann ich den Turm ja als Location für den Roman brauchen." Hastig eilte sie die lange Marmortreppe hoch, ohne Biancas Antwort abzuwarten.

Das Turmzimmer war der einzige Raum im obersten Stock. Es war über und über vollgestopft mit Büchergestellen und vergilbten Dokumenten. Darin könnte ein alter Notar gelebt haben. Ein Historiker, sinnierte sie. Oder ein Schriftsteller? Auf dem Boden verstreut lagen alte Zeitungsausschnitte und Stücke vom Gipsmörtel, der aus den rissigen Wänden herausgefallen war.

Alessandra zog das morsche Fenster auf und schaute hinaus. Und beim Überblicken der Umgebung begriff sie, was Flavio abgestoßen hatte. Auf der Rückseite des Hauses wurde gebaut. Vom sogenannten Park war nur noch ein winziger Rest geblieben. An den Bau eines Pools wäre hier nicht zu denken. Und ein Außenschwimmbecken war bestimmt unabdingbar, wenn man so eine Villa zu einem Hotel umbauen wollte. Das Schlimmste aber war der Straßenlärm, der bis zum Turmzimmer hoch drang.

Sie schloss das Fenster, nicht ohne den unheimlichen Medusenköpfen zuzunicken, welche die Fensteröffnungen der Nachbarsvilla verzierten. So ganz konnte sie den Aberglauben aus der Kindheit doch noch nicht abschütteln. Mit alten Geistern musste man respektvoll umgehen, hatte ihr die Nonna eingeschärft. Und Nonna hatte immer recht. Sie eilte die Treppe hinunter.

Flavio wartete unten neben der Eingangstür. „Na? Stoff gefunden für deinen Roman?", lächelte er.

„Haufenweise. Aber all diese Schriften zu sichten, das würde Jahre dauern. Ich glaube, das überlasse ich den Historikern." Bianca schloss die Eingangstür ab. „Und? Wollt ihr die Villa Bianca trotzdem noch besichtigen?" Ihre Stimme klang frostig.

„Bist du jetzt beleidigt?" Flavio legte liebevoll seinen Arm um ihre Schultern.

Sie seufzte. „Wenn ich jedes Mal beleidigt wäre, weil jemand bei einer Besichtigung nicht in Begeisterungsstürme ausbricht, dann würde ich so aussehen." Mit einer Grimasse zog sie die Mundwinkel übertrieben nach unten.

„Ein echter Profi!", scherzte Flavio und drückte seine Schwester an sich.

Bianca befreite sich lachend. Aber Alessandra erkannte, dass das Lachen ihrer Freundin verkrampft war. Wollte Bianca etwa gar kein Profi sein? Trauerte sie etwa ihrer eigentlichen Berufung, dem Töpfern, nach?

Als sie die Gartentreppe hinuntergingen, hielt Flavio kurz inne und eilte dann, einer spontanen Eingebung folgend, zurück. Er trat an den Rand des Art-Deko-Brunnens, der vor der Villa langsam in einzelne Sandsteinteile zerfiel, und kramte in seiner Jackentasche. Dann zog er eine Münze hervor und warf sie in weitem Bogen in den Brunnen. „Ein einfältiger Aberglaube, schon klar. Aber man kann nie wissen!"

Die Signora

„Villa Bianca? Habe ich richtig gelesen? Die müsstest eigentlich du kaufen!", feixte Flavio, als Bianca am großen, schmiedeeisernen Gitter auf die Klingel drückte. Unbestimmtes Rauschen in der Gegensprechanlage; dann öffnete sich langsam das elektrische Tor. „Die Villa ist noch bewohnt. Und Achtung, bitte: Die Dame des Hauses ist ziemlich schwierig," instruierte sie die beiden flüsternd.

„In meinem Beruf habe ich es nur mit schwierigen, vornehmen Damen zu tun", beruhigte sie Flavio. Sie schritten über den mit weißen Pflastersteinen abgegrenzten Kiesweg. Die Zierbüsche waren säuberlich zurechtgeschnitten; der Rasen getrimmt. „Ein gepflegtes Anwesen."

„Der Turm ist schon mal perfekt!", raunte Alessandra und deutete auf die Zinnen, die den quadratischen Gebäudeaufbau verzierten.

„Aber geschossen wird hier hoffentlich nicht mehr", konterte Flavio.

„Geschossen?"

„Ja. Diese Aufbauten boten früher eigentlich Schutz vor Pfeilen oder Kugeln. Dahinter konnte sich der Soldat verstecken, wenn er nicht gerade damit beschäftigt war, selbst zu schießen. Durch die Zwischenräume."

„Geschossen wird hier schon lange nicht mehr, junger Mann!" Die Dame mit der heiseren Stimme, die sich ihnen mit einer Gartenschere in der Hand in den Weg gestellt hatte, deutete auf Flavios ausgeprägte Nase. „Sie sind bestimmt der Bruder von

Signora Sposato." Alessandra ignorierte sie vollkommen. „Herzlich willkommen. Sehen Sie sich ruhig um."

Das Haus machte seinem Namen alle Ehre. Die Fassade war blütenweiß und bestimmt erst kürzlich frisch gestrichen worden. Die Zypressen reichten mit ihren Spitzen bis zu den Doppelbogen-Fenstern im dritten Stock. Eine riesige, krumm gewachsene Pinie gab den Anschein, als würde sie das Dach demnächst unter sich begraben.

„Keine Sorge. Wir haben schon ganz andere Stürme überstanden!", interpretierte die Signora Flavios besorgten Blick richtig. Mit einer schnellen Handbewegung wischte sie ein paar Piniennadeln vom Holztisch und rückte dann die schweren Eisenstühle zurecht. „Setzen Sie sich doch bitte, bevor wir in medias res gehen."

Das weiße, dauergewellte Haar der Signora Umberto hatte den gleichen Blaustich wie ihre gestärkte Bluse. Die goldumrandete Brille baumelte an einer Perlenkette auf dem üppigen Busen. Ihre Haut war rosig und beinahe faltenfrei, obwohl die Dame, so schätzte Alessandra, die Achtzig überschritten haben dürfte. Unter dem kritischen Blick der Alten setzte sie sich aufrecht hin.

„Und wer ist diese Dame? Ihre Freundin?"

Warum konnte diese unangenehme Alte sie nicht direkt ansprechen? Sah sie aus wie eine Idiotin? Nein, aber wie eine Deutsche, beruhigte sich Alessandra. Diese Frau konnte sich vermutlich gar nicht vorstellen, dass sie alles verstand.

Flavio legte seinen Arm über Alessandras Schultern. „Signora Janssen kommt aus Hamburg und spricht ausgezeichnet Italienisch. Bei unserem Projekt sind wir Partner. Geschäftspartner."

Signora Umberto nickte. „So, so. Geschäftspartner. Na ja, die Norddeutschen haben ja anscheinend Geld ohne Ende. Das könnte man wenigstens meinen, wenn man die dicken Autos sieht, mit denen sie hier anrauschen. Aber lassen wir das. Erzählen Sie mir lieber, was Sie vorhaben, junger Mann!"

„So jung bin ich auch wieder nicht. Immerhin bin ich 46," wehrte er ab. Dann zeigte er sein charmantestes Lächeln. „Ich habe ein mittelgroßes Hotel im Centro von Mailand."

„Wie viele Sterne?", fiel sie ihm ins Wort.

„Vier. Für den fünften bräuchte es noch einen Pool und ein Fitnesszentrum."

„Das bedeutet, dass Sie beabsichtigen, hier einen Pool zu bauen?" Signora Umberto richtete sich kerzengerade auf. „Dann sag ich es Ihnen lieber gleich: Nur über meine Leiche!"

Bianca hustete und trat ihrem Bruder unter dem Tisch gegen das Schienbein. Alessandra musterte Flavio von der Seite. Sein Gesicht wirkte völlig ruhig und gelassen. Hatte er sich dermaßen unter Kontrolle? Oder hatte ihn die Mitteilung dieser resoluten Alten etwa gar nicht geschockt?

„Sie denken an die Ökologie?", fragte er schließlich.

Sie brummte etwas Unverständliches.

„Ich verstehe Ihre Bedenken. Könnten wir das Thema Pool im Moment einfach außer Acht lassen?"

Wieder brummte sie ungeduldig. „Erzählen Sie weiter."

„Ich suche ein großes Haus an schöner Lage, um es zu einem Boutique Hotel umzubauen. Oder zu einem kleinen, aber feinen Guesthouse. Ich bin flexibel, und ich bin mir bewusst, dass es auf viele Faktoren ankommt, wenn man so etwas realisieren will. Auf Bewilligungen, die Gunst der Behörden, der Nachbarn ..."

Die Signora machte eine wegwerfende Handbewegung. „Hören Sie mir auf mit denen! Und wie steht es damit?" Sie rieb vielsagend Daumen und Zeigefinger gegeneinander.

Flavio hob kaum merklich die Augenbrauen. Die Dame hatte Haare auf den Zähnen. „Für das Hotel in Mailand melden sich fast täglich Kaufinteressenten. Und die Immobilienpreise im Breraquartier steigen und steigen."

„Krank ist das!", schimpfte sie.

„Stimmt. Aber das ist bei einem Kleinod wie Ihrer Villa bestimmt auch nicht anders", konterte Flavio.

„Warum? Ist sie Ihnen zu teuer?"

Nun konnte sich Bianca nicht mehr zurückhalten. „Signora Umberto, wie wäre es denn, wenn Sie meinem Bruder ihr wunderschönes Haus erst einmal zeigen würden? Bevor wir über Preise verhandeln?"

„Wozu haben Sie denn einen halben Tag lang Fotos gemacht letzte Woche? Haben Sie ihm diese nicht gezeigt?", fragte die Alte entrüstet.

„Doch, selbstverständlich. Er hat auch die Pläne begutachtet. Aber ein Haus auf Papier zu sehen oder darin herumzuspazieren, das ist schon noch etwas anderes. Er muss doch spüren, wie er sich fühlt in den Räumen."

„Mein Ernesto und ich sind auch nicht herumspaziert, um zu spüren. Ein Haus ist ein Haus und kein Liebesobjekt. Wir sind vor vierzig Jahren hier vorbeigefahren, zufällig, und wir waren uns gleich einig. In einem Restaurant haben wir uns nach der Adresse des Besitzers erkundigt. Und nach einem einzigen Telefonat sind wir zum Notar gegangen."

„Stand denn die Villa zum Verkauf?", erkundigte sich Flavio amüsiert.

„Nein, sicher nicht. Aber letztlich ist alles eine Frage des Preises. Das sollten Sie eigentlich wissen."

Bianca lachte laut heraus. „Toll! Solche Kunden würde ich mir wünschen, Signora!"

Signora Umberto verzog keine Miene, aber sie antwortete blitzschnell: „Vielleicht haben Sie ja was Passendes für mich? Vorausgesetzt, ich werde dieses Monstrum hier endlich los. Die drei Stockwerke und der Park sind nicht ohne für eine alte Frau."

„Was schwebt Ihnen denn vor?" Plötzlich war Bianca ganz Geschäftsfrau.

„Etwas mit Lift natürlich. Einer kleinen Garage. Mitten in der Stadt, aber mit Meerblick"

Bianca zwinkerte Alessandra verschwörerisch zu. Dann beugte sie sich über die Alte und flüsterte: „Ich denke, damit kann ich sogar dienen. Zufällig!"

Die kleinen, hellblauen Augen der Signora blitzten interessiert auf.

„Aber zuerst zeigen wir meinem Bruder und Signora Janssen jetzt bitte ihre wunderschöne Villa."

Wie in Trance schritt Alessandra durch die Räume. Die Villa war perfekt. Sie sah den Innenausbau des Boutique Hotels Bianca oder wie immer es dann heißen würde, schon klar vor ihren Augen. Zwölf mögliche Gästezimmer zählte sie über die beiden ersten Stockwerke, davon sieben mit Blick aufs Meer. Das

Fischgrätenparkett müsste man zwar schleifen, genauso wie die wunderschönen Terrazzoböden, aber die Wände und Decken wiesen keine Risse auf. Vielleicht könnte man jedes Zimmer nach einem Thema ausstaffieren. Klassisches Design der Möbel, mutige Farben, Kunst natürlich. Für die Badezimmer hochmoderne Armaturen und als Kontrast alte Kacheln. Da gab es doch diese wunderschönen Betonfliesen mit den ornamentalen Mustern, die sich repetieren ließen.

Mitten im größten Raum, dem Wohnzimmer, drehte sie sich um die eigene Achse und schloss dann die Augen. Hierhin gehörte ohne Frage der Speisesaal. Indigoblau! Genau: Indigoblau wie in der Villa Serena, die sie vorher besichtigt hatten. Dieser ganze Raum musste unbedingt in diesem Blau erstrahlen.

Sie eilte nochmals die Treppe hoch. Im Raum über dem zukünftigen Speisesaal müsste man die Bibliothek oder das Lesezimmer einrichten. Sie notierte eifrig. Bei der Jugendstilveranda wären nur ein paar der bunten Gläser zu ersetzen. Und die abgerundete Loggia mit den Säulen könnte man zum Frühstücksraum umfunktionieren. Und oben, im Turmzimmer?

Flavio war schon oben und beleuchtete ihr mit der Taschenlampe die letzten Stufen. Dann zog er bei allen vier Doppelfenstern die hellblauen Rollläden hoch. „Alle vier Himmelsrichtungen, bitte sehr!" Er machte eine weit ausholende Handbewegung.

„Hier müsste man selbst einziehen!", sagten beide gleichzeitig. Keiner lachte. Wortlos standen sie nebeneinander und schauten gebannt über die Wipfel der Zypressen hinunter aufs Meer. „Oder dort drüben, in die Jugendstil-Dependance." Alessandra deutete auf ein romantisches, kleines Gebäude, das sich am Ende des Parks unter einer Gruppe knorriger Pinien versteckt hatte.

„Hallo, Geschäftspartner! Kommt ihr bitte herunter? Die Verhandlungsrunde beginnt!", unterbrach die Stimme von Bianca die Stille.

„Es wird ernst!", raunte Flavio. Dann stiegen sie gemeinsam die Treppe hinunter.

„Ein harter Brocken, deine Signora", stöhnte Flavio. Er verschränkte seine Hände hinter dem Kopf, lehnte sich nach hinten und wippte mit dem Stuhl. „Die Villa Bianca wäre perfekt, aber ..."

„Aber?", unterbrach ihn Bianca. Sie kannte die Antwort schon. „Das liebe Geld." Sie seufzte tief. „Es tut mir leid, dass ich euch vergeblich bemüht habe. Die Alte wollte bei meiner ersten Besichtigung einfach nicht herausrücken mit dem Kaufpreis. Und ich habe nicht durchschaut, um was es ihr wirklich ging bei ihrem seltsamen Spiel. Bloß um möglichst viel Geld? Oder um einen sympathischen Käufer? Ich habe darauf spekuliert, dass mein charmanter Bruder sie vielleicht bezirzen könne. Damit sie nicht zu hoch pokert" Bianca schüttelte enttäuscht den Kopf: „Von wegen! Die ist doch verrückt!"

Alessandra stocherte nachdenklich in ihrem Meeresfrüchtesalat. Der Koch des Restaurants Oneglio spähte wie immer durch den Spalt der halboffenen Küchentür auf die Gästeschar. Er winkte ihr freundlich zu. Sie grüßte gedankenabwesend zurück, aber sie bemerkte nicht, wie er, um sie aufzuheitern, mit dem Zeigefinger ein Loch in die Wange bohrte, das neckische, symbolische Zeichen für die „Buongustai", die Feinschmecker. Dabei ließ sie sich doch sonst noch so gerne ein auf die geliebte, italienische Zeichensprache.

„Deine Geschäftspartnerin scheint nicht ganz bei der Sache zu sein", feixte Bianca zu ihrem Bruder. Dann wandte sie sich an Alessandra. „Was hat dir dermaßen die Sprache verschlagen? Die Villa oder die Signora?"

Alessandra legte die Gabel neben den Teller und schob hastig eine vorwitzige, rote Haarsträhne hinters Ohr. Dann richtete sie ihren Blick eindringlich auf Flavio. „Die Villa wäre absolut ideal für dein Vorhaben", sagte sie.

Flavio lachte trocken auf. „Sicher. Wenn man davon absieht, dass der Preis jenseits von gut und böse ist. Aber bestimmt hat Bianca noch etwas Bescheideneres für mich in petto."

Alessandra schüttelte den Kopf. „Ich sehe das alles schon vor mir. So wahnsinnig viel müsste man gar nicht investieren."

Flavio musterte sie erstaunt. „Sag mal: Ist mir da etwas entgangen? Bist du etwa neben Autorin und Journalistin auch noch Architektin?"

„Nein, Alex ist einfach genauso eine Spinnerin wie wir," grinste Bianca. „Wir sind ein starkes Trio und haben alle nur eine einzige Schwäche: Altes Gemäuer." Bianca hob ihr Glas: „Kommt, lasst uns anstoßen! Auf unsere Traumvilla!"

„Ihr seid verrückt. Aber ok. Warum nicht mal anstoßen auf einen Traum?" Fabio erhob ebenfalls sein Glas. Dann stupste er Alessandra neckisch an. „Und, was ist mit dir, Geschäftspartnerin?"

Alessandra hielt ihr Glas in die Luft, war aber gedanklich offenbar ganz woanders. Dann nahm sie einen großen Schluck.

„Und jetzt im Ernst, Kinder. Es war, wie gesagt, ein schöner Traum. Und hiermit sei er begraben." Flavio trank sein Glas in einem Zug leer und stellte es dann hart auf den Tisch zurück.

„Ich wäre mir da noch nicht so sicher," entgegnete Alessandra. Dann schlug sie seelenruhig ihr Notizbuch auf. „Ich habe ein bisschen gerechnet. Die Umbaukosten wären gar nicht so exorbitant, wenn man vernünftig bliebe. Die Struktur der Villa ist gesund." Dann wandte sie sich an Flavio: „Und zu deiner Frage: Ja, ich habe eine Ahnung vom Metier. Mein Vater hatte jedenfalls keinen schlechten Ruf als Architekt. Klaas Janssen heißt er, falls du googeln willst. Er hat mich schon als Kind auf unzählige Baustellen mitgeschleppt. Und seine Leidenschaft gilt zufällig dem Umbauen."

Flavio hob entschuldigend die Hände.

„Kein Problem." Sie lächelte. „Doch zur Sache: Ich finde, Ihr schmeißt die Flinte viel zu schnell ins Korn. Der kolossale Preis, den Signora Umberto genannt hat, war bestimmt ein Vor-Checking. Vielleicht kann man die alte Dame dazu überreden, einen Teil des Kaufpreises stehen zu lassen. Sie macht zwar einen auf Hexe, aber ich hatte am Schluss den Eindruck, dass sie uns doch ein bisschen ins Herz geschlossen hat. Und vielleicht kann man ihr auch schmackhaft machen, dass ihr die Tür zur Villa weiterhin offensteht. Als Hotelgast halt." Alessandra lächelte: „Man muss versuchen, sie auf der emotionalen Ebene zu erreichen. Auch wenn sie ihr Haus als Monstrum bezeichnet, hängt ihr Herz garantiert trotzdem daran."

Bianca seufzte. „Also wenn du Recht hast, und das Ganze etwas wird ... dann betrachtet meine Provision als meinen bescheidenen Anteil am Unternehmen Villa Bianca." Sie erhob sich. Schwankend hielt sie sich an der Tischkante fest. „Oh je, diesen Prosecco habe ich vermutlich etwas zu schnell runtergestürzt, sorry. Aber dieser Tag war dann doch ein bisschen zu viel für eine bescheidene Immobiliare. Nehmt es mir nicht übel. Aber ich muss mich jetzt um die Hunde kümmern."

Als Alessandra ebenfalls aufspringen wollte, winkte sie ab: „Mach dir keine Sorgen. Dein Happy kann bis morgen bei uns bleiben. Uns erwartet ein tolles Fernsehprogramm. Ihr zwei Geschäftspartner habt bestimmt noch eine Menge Gesprächsstoff."

Die Kellnerin hob überrascht die Augenbrauen, als Alessandra ihre obligate Frage 'Gradite un dolce?', bejahte. „Ich mache das sonst nie. Aber jetzt brauche ich Süßes!"

Bis das Apfelkuchenstück mit Schlagsahne und Flavios 'Affogata di caffè', Vanilleeis in heißem Espresso, gebracht wurden, schwiegen beide und schauten aufs Meer.

Der Wind hatte unvermittelt an Stärke zugenommen und trieb die hohen Wellen gegen die Mole, wo sie sich ein letztes Mal wild aufbäumten. Die übrigen Gäste zogen sich eilends ins Restaurant zurück. Flavio schaute Alessandra fragend an und deutete mit einer Kopfbewegung zu der schützenden Glasscheibe. Aber sie schüttelte den Kopf. Dann zog sie ihren orangefarbenen

Kaschmirschal aus der Tasche und schlang ihn doppelt um ihren Hals. „Mir gefällt es so.“

„Das dachte ich mir schon. “Nachdenklich schob er mit dem Löffel die Vanilleeiskugel in seiner Kaffeetasse hin und her. „Alessandra“, begann er dann mit leiser Stimme: „Ich finde es rührend, wie du dich für mein Projekt engagiert hast. Und dass deine Visionen genau in die gleiche Richtung zielen wie meine, das hat mich echt verblüfft. Aber ...“, er fuhr sich mit einer nervösen Geste durch sein zerzaustes Haar, „... es wird leider eine Vision bleiben müssen. Wenn auch eine wunderschöne. Glaub mir, ich bin kein Feigling. Aber das Projekt Villa Bianca ist momentan leider eine Nummer zu groß.“

Alessandra nahm seelenruhig ein Stück ihres Kuchens, schluckte es genussvoll hinunter und trank einen Schluck Wasser, während sie ihn unverwandt ansah. „Aber das mit dem kleinen Hotel hier in der Gegend, das ist dir immer noch ernst?“

„Natürlich. Ich bleibe dran. Und will auf jeden Fall hierbleiben. Keine zehn Pferde bringen mich zurück nach Mailand.“

„Ist denn deine Frau einverstanden mit dem Verkauf des Hotels?“

Er schüttelte den Kopf. „Sie will es nicht verkaufen. Aber sie plant, meinen Anteil zu übernehmen.“

„Verfügt sie denn über die Mittel?“

„Ihr Neuer bezahle das aus der Portokasse, behauptet sie.“ Flavios Gesicht verriet keinerlei Emotionen. Waren die Verletzungen tatsächlich schon verheilt?

Alessandra beschloss, das Thema zu wechseln. „Was ich dich schon lange fragen wollte: Warum heißt dein Hotel eigentlich

Albergo Nero? Schwarz hat doch immer etwas Morbides. Oder mindestens einen leicht negativen Effekt."

„Es gab eine Zeit, da war Schwarz meine absolute Lieblingsfarbe. Alles musste schwarz sein. Die Kleider. Die Bilder an den Wänden, sogar die Wände selbst." Auf ihren verwunderten Blick sagte er: „Glaub mir, bei einer raffinierten Beleuchtung kann das ausgesprochen edel wirken. Kombiniert mit Silber und dunklem Holz. Am liebsten hätte ich damals auch die Fassade schwarz gestrichen. Aber da war die Baubehörde dagegen."

Alessandra lachte laut heraus. „Das kann ich mir vorstellen. Verrückt! Aber sag, wie sieht die Fassade denn heute aus?"

Flavio zog sein Handy heraus. Schnell hatte er die Bilder des Hotels gefunden. Sie lehnte sich interessiert vor. „Dunkelgrau! Sehr sophisticated. Die hellgrauen Fensterläden durchbrechen das Düstere wenigstens etwas." Sie musterte Flavio unverhohlen. „Seltsam. Eigentlich bist du doch gar nicht so ... so abweisend."

Seine Augen blitzten auf.

Erschreckt erkannte Alessandra eine tiefe Wehmut darin. Was hatte sie mit ihrer leichtfertigen Fragerei provoziert? Flavio kämpfte offensichtlich mit den Tränen. „Ein Bekannter meines Vaters hat in Zürich sein Einfamilienhaus rabenschwarz gestrichen," plapperte sie. Sie musste ihn auf andere Gedanken bringen. „Und einer seiner Freunde, ein berühmter Künstler, hat dann die Fassade sogar mit einem provokativen, riesigen Nagel verziert."

„Günther Uecker. Ich weiß."

Alessandra staunte. „Du als Italiener kennst diese Geschichte? Und Uecker? Ich wusste nicht, dass du auch Kunstkenner bist." Ein

Windstoß riss eine ihrer roten Haarsträhnen los. Diese streifte die Schlagsahne und flatterte ihr dann ins Gesicht.

Flavio hatte sich wieder gefasst. Liebevoll wischte er ihr mit dem Daumen die weiße Spur auf der Wange weg. „Du weißt vieles nicht." Und dann, nach einer Pause, sagte er: „Soll ich dir verraten, was ich jetzt am liebsten möchte?"

Alessandra war plötzlich etwas mulmig zumute. Sie schüttelte den Kopf.

„Ich möchte mich mit dir ins Auto setzen und nach Mailand fahren. Irgendwie habe ich das dringende Bedürfnis, dir das Hotel Nero zu zeigen. Damit du mit eigenen Augen siehst, was mir wichtig ist. Wichtig war", korrigierte er sich schnell. „Es könnte dir gefallen."

„Eine schöne Idee." Alessandra lächelte gerührt. „Aber deine Frau wäre vermutlich nicht so begeistert."

„Das lass meine Sorge sein! Komm, gib dir einen Ruck! Es ist mir wirklich daran gelegen. Zweimal knapp drei Stunden Fahrt. So viel Zeit müsste sein. Bitte! Und schieb jetzt nicht Happy vor als Ausrede. Bianca hat ja angeboten, sich um ihn zu kümmern.!"

Happy? Jetzt hatte Alessandra kapiert. So war das also: Ein abgekartetes Spiel zwischen Bruder und Schwester! Sie hätte gleich stutzig werden müssen, als Bianca sich so bereitwillig als Hundesitterin angeboten hatte.

„Überredet?" Flavio sah sie eindringlich an.

Sie überlegte fieberhaft. Eigentlich hatte sie sich heute den ganzen Tag freigenommen. Wäre so ein Mini-Ausbruch aus ihrer Schreibklausur nicht eine willkommene Abwechslung? Sie blickte auf die Uhr. Schon zwei? „Ein bisschen verrückt ist es schon. Aber ok, du hast mich überredet", antwortete sie schließlich, demonstrativ seufzend. „Ich bin ja ehrlich gespannt auf dein schwarzes Hotel."

Und eigentlich bin ich gespannt auf alles, was dich betrifft, dachte sie. Aber das behielt sie für sich.

Hotel Nero, Mailand

Der Feierabendverkehr hatte schon eingesetzt, als sie in Mailand ankamen. Flavios Viertel lag mitten im Zentrum, und an ein zügiges Durchkommen war nicht zu denken. „Die Agglomeration ist gigantisch und hat wesentlich mehr Einwohner als die Stadt selber. Darum dieses ständige Hin und Her. Um diese Zeit lernt man hier Gelassenheit", beruhigte Flavio sie, als sie nervös auf die Uhr guckte. „Betrachte es als Stadtbesichtigung."

'Navigli' las Alessandra auf einem Straßenschild. „Heißen so nicht diese attraktiven Kanäle, von denen du erzählt hast?"

Er nickte. „Genau. Es gibt verschiedene, mittelalterliche Wasserläufe mit diesem Namen. Dort drüben", er zeigte nach Westen, „liegt der Naviglio grande, der älteste Naviglio der Stadt. Er diente früher als Transportweg zwischen dem Lago Maggiore und Mailand und ist ganze fünfzig Kilometer lang. Sein Wasser bezieht er aus dem Fluss Ticino. Auf dem Kanal wurden einst die Marmorblöcke für den Mailänder Dom transportiert. Der andere große Naviglio, der Pavese, reicht über Pavia und via Po bis zur Adria."

„Das würde bedeuten, dass zwischen der Südschweiz und der Adria eine Wasserstraße besteht?" Alessandra war begeistert. „Das ist doch phantastisch. Theoretisch könnte man also in Ascona einsteigen und bis nach Venedig schippern? Warum hört man denn nie etwas davon?"

„Weil das nicht mehr rentiert hat, das Schippern. Durch die Innenstadt wurden die Kanäle zugeschüttet und sind heute nur noch unterirdisch geführt. Es bestehen zwar Projekte, das Ganze wieder zu öffnen. Aber Italiens Mühlen mahlen langsam. Zu wenig Geld und zu viel Bürokratie - das alte Lied."

Ein Auto hinter ihnen hupte, und Flavio hupte grinsend zurück. Die Gesten, welche die beiden Fahrer austauschten, konnte Alessandra nicht interpretieren. Drohend? Freundlich?

„Geschippert wird nur noch mit Vergnügungsschiffen, und dies auf dem Naviglio grande," fuhr Flavio ungerührt fort. „Der führt durch ein hübsches Quartier mit Restaurants, Bars und Boutiquen. Wenn du magst, können wir heute am Abend mal durchschlendern."

Als er ihr besorgtes Gesicht sah, klopfte er ihr sacht auf die Schulter: „Keine Angst, ich bring dich schon rechtzeitig wieder an deinen Schreibtisch zurück. Aber ein bisschen Milano muss einfach sein, wenn du schon mal die zweitgrößte Stadt Italiens besuchst. Und solch einen begnadeten Führer wie mich bekommst du so schnell nicht wieder. Und dazu noch exklusiv."

Sie fuhren an einer riesigen, von Zinnen bekrönten Festung vorbei. Auf ihren fragenden Blick erklärte er: „Das ist das Castello Sforzesco, gebaut von der Sforza-Dynastie. Das Schloss sieht gigantisch aus, ich weiß. Aber mir persönlich war diese protzige Burg immer zuwider."

Auf ihren fragenden Blick erklärte er achselzuckend: „Ich weiß nicht. Irgendwie mochte ich architektonische Machtdemonstrationen noch nie. Militärische schon gar nicht. Und die Mailänder haben das Castello nie als repräsentativen Ort, sondern als Lager der Eindringlinge empfunden. Weil Napoleon das Schloss damals als Truppenunterkunft und Exerzierplatz gebraucht hat.

Aber schau mal, wir haben einen kleinen Umweg gemacht: Dies ist die berühmte Piazza Sempione. Und dieser üppig dekorierte Arco della Pace", er deutete auf einen imposanten Triumphbogen, der mitten auf einer riesigen, kreisförmigen Piazza stand, „der wäre vielleicht etwas für den Park der Villa Bianca. Mit der Bronzeplastik der Friedensgöttin auf dem von sechs Pferden gezogenen Streitwagen könnten wir der resoluten Signora Umberto bestimmt imponieren. Der Bogen hätte übrigens zu Ehren von Napoleons italienischem Königreich stehen sollen. Leider fiel dieses, noch bevor das Bauwerk fertig war. Aber das kommt bekanntlich vor; nicht nur in der Weltgeschichte."

Sein Lachen klang zynisch. Überhaupt schien Flavio plötzlich nervös zu sein. Etwas setzte ihm zu. „Du kannst immer noch umdrehen", sagte Alessandra leise. „Ich könnte es verstehen."

„Was verstehen?", fragte er mit belegter Stimme.

„Wenn dir die Lust dazu vergangen wäre, mir dein altes Reich zu zeigen. Es muss nicht sein, Flavio."

Er fuhr schweigend weiter, durch eine schmale Quartierstraße mit herrschaftlichen Häusern. Alle waren in warmen Ocker- und Rosatönen gehalten. Die massigen, betonfarbenen Steinquader der Sockelgeschosse verliehen der Straße dennoch etwas Düsteres.

„Du könntest deiner Frau oder ihrem neuen Partner begegnen."

„Das wäre nicht das erste Mal", brummte er, als er nach rechts in die Via dell' Orso einbog. „Entspann dich. Wir sind gleich da."

„Flavio, du bist bestimmt erschöpft von der langen Fahrt. Schau mal, dort drüben gibt es eine Bar. Lass uns zuerst etwas trinken. Nach einer Pause kannst du bestimmt wieder klarer denken."

Energisch schüttelte er den Kopf. „Ich brauche keine Pause. Und du bekommst gleich etwas zu trinken. Die Bar im Nero hat einiges zu bieten. Vertrau mir."

Er bog links ab. „Via Brera" las Alessandra, und ein beklemmendes Gefühl erfasste sie. Und dann entdeckte sie es, nur etwa fünfzig Meter weiter vorn, auf der linken Straßenseite: Ein fast schwarzes Gebäude mit ein paar Jugendstilschnörkeln über dem Portal, hellgrauen Läden und silbernem Namenszug. Das Hotel Nero.

„Flavio, bitte! Lass mich aussteigen. Ich kann etwas weiter vorn in einem Caffè auf dich warten. Glaub mir: Es war keine gute Idee, mich mitzunehmen. Du handelst dir nur Probleme ein!"

„Probleme?" Er sah sie offen an. „Warum Probleme?"

„Du tauchst hier auf, unangemeldet. Zusammen mit einer fremden Frau. Sie könnten annehmen ...".

„Alessandra, hör zu: Was diese Menschen denken, ist mir egal. Dieses Haus da vorn gehört immer noch zur Hälfte mir. Mein ganzes Herzblut habe ich hier hineingesteckt. Ich zeige es dir, damit du mich ein bisschen besser kennenlernst. Damit du verstehst, was mir gefällt. Weil du mir wichtig bist." Mit dem Finger strich er ihr zart über die gerunzelte Stirn. „Meine Mutter hat sie jeweils weggepustet, die Sorgenfalten," lächelte er.

Dann parkte er das Auto auf einem gelb signalisierten Gästeparkplatz, stieg aus, und öffnete schließlich die Beifahrertür. „Und denk immer daran: Die da drin, die sind Profis. Gastronomen. Manche mögen vielleicht ein eiskaltes Herz haben. Aber an der Oberfläche machen sie auf charmant und sind aalglatt."

„Schrecklich, wie du das sagst!"

„Ach, weißt du, ich liebe Romantik auch. Sehr sogar!" Flavios ermunterndes Lächeln wurde ernst: „Aber glaub mir: Manchmal erleichtert so ein Schauspiel allen Beteiligten das Leben."

Bruna war noch perfekter, als Alessandra es sich vorgestellt hatte. Und das nicht nur äußerlich. Ihre Miene zeigte nicht die geringste Spur von Überraschung. Mit Küsschen links und rechts begrüßte sie ihren Immer-noch-Ehemann. Danach schloss sie strahlend Flavios neue Bekannte in die Arme. Brunas rabenschwarzes Haar und ihr hautenges, dunkelgraues Cocktailkleid passten zum Ambiente. Die ausdrucksvollen, grauen Augen hatte sie mit Silberlinien umrandet. Die Fransen des Ponys, ja, überhaupt die ganze, hochglänzende Pagenfrisur war millimetergenau geschnitten. Die Kontur der dunkel geschminkten Lippen war makellos. Die nackten Arme waren genauso straff wie das Dekolletee.

Männer müssten sich darum reißen, auf diesem makellosen Hals ein würdiges Schmuckstück zu platzieren, dachte Alessandra und wunderte sich selbst über diesen abstrusen Gedanken.

„Sie Arme. Mein Mann hat immer so verrückte Ideen; daran müssen Sie sich gewöhnen. Drei Stunden hoch nach Mailand, drei Stunden zurück an die Riviera – das ist typisch für ihn. Passen Sie bloß auf, dass er sie nicht zu sehr in Beschlag nimmt, Piccola."

Piccola? Alessandra hob irritiert die Brauen. Immerhin war Bruna trotz ihrer hohen Stöckelschuhe um mindestens anderthalb Kopf kleiner als sie.

„Und was machen Sie beruflich?" Als Bruna ihr Zögern merkte, meinte sie hastig: „Verzeihen Sie, ich wollte nicht unhöflich sein. Aber Sie haben doch einen Beruf, oder? Wissen Sie, wir Italienerinnen, wir sind uns ja von jeher gewohnt, anzupacken. Bei euch deutschen Frauen ist dies weniger selbstverständlich."

Alessandra fragte sich, woher Bruna ihre Weisheiten hatte. Diese Art der Konversation konnte sie nicht ausstehen. Verärgert zuckte sie die Schultern. Doch dann konnte sie auf einen kleinen Seitenhieb doch nicht verzichten: „Die italienischen Gepflogenheiten sind mir vertraut", sagte sie gespielt beiläufig. „Meine Mutter stammt auch aus Italien."

„Das kann ich kaum glauben!", entfuhr es Bruna. „Sie haben italienische Wurzeln?" Unverhohlen musterte sie Alessandra. „Und die roten Haare? Die Sommersprossen? Die vielen Zentimeter?"

„Meine Mutter stammt aus dem Veneto. Dort sind rothaarige großgewachsene Menschen mit grünen Augen gar nicht so selten. Und dann spielt ja bei den Genen jeweils auch noch ein Vater mit. Meiner ist Norddeutscher."

„Verstehe." Bruna lehnte sich elegant an einen Barhocker. „Aber ihren Beruf haben Sie mir jetzt immer noch nicht verraten."

Alessandra verspürte wenig Lust, Flavios Frau ihren Lebenslauf zu schildern. Sie mochte diese Konversationsfloskeln nicht. Aber Flavio zuliebe wollte sie diese Bruna nicht brüskieren. „Ich bin freischaffende Journalistin."

„Oh je, Sie Arme. Aus diesem tristen Nest Imperia, aus dem ihr heute angereist seid, dürfte es vermutlich wenig Interessantes zu berichten geben."

„Ich bin nicht Korrespondentin", stellte Alessandra richtig. „Ich schreibe eine Biografie über einen Maler. Enrico Spina."

„Muss man den kennen?"

Alessandra lächelte. „Nein, nein. Er ist zwar erfolgreich und bekannt. Aber bisher nur in Deutschland."

„Toll! Flavios jüngste Eroberung ist also eine Intellektuelle." Brunas Augen blitzten vergnügt auf: „Und wenn Ihre Biografie erschienen ist, wird dieser Enrico Spina garantiert weltberühmt!"

Alessandra fühlte sich immer unbehaglicher. Suchend sah sie sich um. Flavio? Wo steckte er bloß?

Flavio saß in der Lounge im Hintergrund der Bar und war in ein Gespräch vertieft mit einem älteren, braungebrannten Mann mit offenem Hemd, Schnauzbart und langen, weißen Haaren, die zu einem Pferdeschwanz zusammengebunden waren.

Bruna legte vertraulich ihre Hand auf Alessandras Arm: „Der dort drüben, das ist er!" Sie sagte dieses „Er" in einem ehrfurchtsvollen Ton, als ob sie von einer höheren Instanz sprechen würde. „Carletto. Carlo Mela. Meine große Liebe. Es kam einfach Knall auf Fall über uns. Päng, war es für uns beide klar, dass wir zusammengehören. Für Flavio tut es mir natürlich wahnsinnig leid. Aber, wie Sie sehen, reagiert er auf die Begegnung mit Carletto souverän. Man könnte behaupten, er schlägt sich tapfer!" Bruna kicherte und goss sich nochmals Champagner nach. „Ich bin ja froh, dass er endlich jemanden gefunden hat, der ihn aufmuntert. Seine ständige Trübseligkeit hat auch Chiara, unsere Tochter, belastet."

Alessandra blickte hilfesuchend hinüber zur Lounge, aber Flavio saß nicht mehr dort. Sie musste raus hier. Es wurde ihr alles zu eng. Diese Bruna mochte ja vielleicht eine nette Frau sein. Ein bisschen war sie ihr zugegebenermaßen sogar sympathisch. Aber dieses Geplapper war ihr zu intim. Schließlich war diese Bruna schuld an Flavios Traurigkeit. Skrupellos hatte sie ihn abserviert.

Da spürte sie, wie Flavio liebevoll seinen Arm um sie legte und atmete erleichtert auf. „Ich wollte Alessandra eigentlich nur schnell zwei drei Zimmer zeigen, die Suite und das Frühstückszimmer", sagte er kühl, zu Bruna gewandt. „Die 18 und 22 ist doch frei?"

Sie nickte. „Klar. Die 26 bis 30 auch. Vergnügt euch!," rief sie ihnen provokativ nach.

Flavio zog Alessandra durch den Flur. „Lass dich bitte nicht beirren. Bruna ist sonst nicht so aufdringlich. Wir haben sie überrumpelt. Vermutlich muss sie sich erst an den Gedanken gewöhnen, dass auch ich meine Wege in Zukunft nicht mehr allein gehen werde."

`Wirst du das`? Alessandra schluckte ihre spontane Frage herunter, aber sie hatte plötzlich stechende Kopfschmerzen. Alles war so verflucht kompliziert.

Als Flavio die Zimmertüren öffnete, war sie wieder etwas ruhiger. Man musste 'bei der Sache sein', hatte ihr Vater ihr jeweils gepredigt. Und 'Bei der Sache sein' war für ihn etwas Erstrebenswertes. Heute war der Begriff Achtsamkeit ein überstrapaziertes Modewort geworden. Und ihr Vater ein Visionär.

Sie versuchte, sich nur auf das Interieur und die Architektur zu konzentrieren.

Die Zimmer des Hotels Nero waren wirklich raffiniert gestaltet. Das Bohemien-Viertel Brera, soviel hatte sie in der kurzen Zeit erfahren, war das absolute Zentrum des Designs. Und die Ausstattung machte diesem Etikett alle Ehre. Schlichte Designer-Möbel, ein paar raffinierte Dekorationsgegenstände, riesige Spiegel, Originalbilder ... Aber das Augenfälligste war die Farbgebung. Flavio hatte seinen Dunkel-Spleen wirklich konsequent durchgezogen. Mindestens zwei Wände pro Zimmer waren rabenschwarz. Aber wenn man jetzt einen finsteren Effekt vermutet hätte, lag man daneben. Denn eine einzige, mal in Apricot, mal in Blau oder Grün gestaltete Wand verwandelte die düstere Stimmung in etwas beinahe Heiteres, Verspieltes und zog die Aufmerksamkeit auf sich.

„Und?" Flavio stand in einer Zimmerecke und beobachtete sie gespannt. Sie nickte anerkennend. „Unglaublich, diese Wirkung. Ich hätte nie den Mut besessen, eine Wand schwarz zu streichen. Du hast mich überzeugt." Sie fuhr mit der flachen Hand über die feine, hellgraue Kaschmirdecke, die das Fußende des breiten Bettes kaschierte.

„Wir müssen das nicht wiederholen", sagte er, und sie sah ihn verständnislos an. „Ich meine, das mit dem Schwarz. In der Villa Bianca. Ich bin heute nicht mehr so stur. Für mich darf es sogar auch mal ein Rosa sein."

Alessandra lächelte. „Der Gedanke an die Villa Bianca lässt dich also auch nicht mehr los?"

„Darf er das nicht?"

„Doch, doch. Jeder große Wurf wurde schließlich zuerst von seinem Erschaffer visualisiert. Ohne Träume läuft gar nichts."

„Und wovon träumst du, Alessandra?", fragte Flavio und stellte sich dicht vor sie. Sie schloss für einen kurzen Moment die Augen und atmete den diskreten Duft seines Eau de Toilette ein. Zeder, Grapefruit, Sandelholz? Sie spürte, dass er sie an sich ziehen wollte. Abrupt wich sie zurück.

„Was ist los, Alessandra? Ich dachte, dir sei auch nach Nähe", raunte er. „Habe ich deine Signale falsch verstanden?"

Alessandra schüttelte den Kopf. „Doch, nein, doch", stammelte sie. „Einfach nicht hier, in deinem Hotel. Verstehst du das?"

Flavio strich sich über die Stirn. „O Dio, entschuldige. Natürlich! Ich führ mich hier auf wie ein unsensibler Idiot! Es tut mir so leid. Aber ich bin doch auch komplett durch den Wind heute." Dann huschte plötzlich ein schelmisches Lächeln über sein Gesicht. „Habe ich das vorhin richtig verstanden? Sagtest du nicht nein, sondern nicht hier? Bedeutet das: woanders schon?"

Alessandra wiegte ihren Kopf hin und her. Dann erwiderte sie sein Lächeln und nickte leise.

Als sie zurückkehrten, stand Bruna allein in der Empfangshalle. Sie wirkte verändert, irgendwie seltsam abweisend. „Carlo hatte noch einen Termin", sagte sie frostig, während sie nervös die eh schon glänzende Rezeptionstheke polierte.

„Und wo steckt Chiara?", fragte Flavio, und sah sich suchend um.

„Zuhause."

„Aber du hast ihr doch bisher immer Bescheid gegeben, wenn ich gekommen bin."

„Stimmt. Aber heute habe ich es mir eben anders überlegt." Bruna stützte die Hände auf die Hüfte, als sie sich vor ihm aufbaute. Ihre Augen funkelten wütend. „Solchen Überraschungsbesuchen ist die Kleine nicht gewachsen. Ich muss unsere Tochter schließlich beschützen. Auch vor dem Schock, dass ihr Vater plötzlich mit einer fremden Frau auftaucht."

„Mach dich nicht lächerlich. Ich hätte Chiara sehr wohl in Ruhe erklärt, warum Alessandra mitgekommen ist. Unsere Tochter ist kein dummes Baby mehr. Warum musst du nur aus allem ein Drama machen?"

„Töchter wollen ihren Vater nicht teilen. Schon gehört? Aus solchen Situationen entsteht ein Trauma."

„Unsere Tochter musste schon mit viel schlimmeren Traumata fertigwerden. Wie hießen deine netten Begleiter doch bloß noch? Rolando, Felice, Carlo ... ach, lassen wir das!"

Alessandra zupfte ihn am Ärmel. „Ich warte besser draußen." Ohne zu lächeln, streckte sie Bruna die Hand entgegen. „Es tut mir leid, dass unser Besuch für Aufregung gesorgt hat."

Bruna ignorierte Alessandras Hand und meinte nur kühl: „Sie können nichts dafür. Kehren Sie einfach zurück zu ihren Büchern, und lassen Sie Mailand Mailand sein."

Alessandra lehnte sich an die anthrazitfarbene Wand und atmete tief durch. Genau das, was jetzt passiert war, das hatte sie vermeiden wollen. Warum hatte sie sich nur überreden lassen, mitzufahren?

Auf der anderen Seite der Straße spazierte ein Liebespaar. Der Mann erklärte seiner Partnerin offenbar den rot verfärbten Abendhimmel, denn die Frau folgte verzückt seinem Fingerzeig nach oben. Was gab es da zu erklären? Es waren ja nicht einmal Sterne da. Alessandra seufzte. Am Anfang einer jungen, unbeschwerten Liebe war alles einfach. Jeder Satz des Liebsten war eine Offenbarung. Die Zukunft rosarot und voller Möglichkeiten.

Doch je später eine Liebe entstand, desto komplizierter wurde es. Jeder Partner war vorbelastet. Mit Trauer, Enttäuschungen, Misstrauen, Verknüpfungen aus dem Vorleben. Kindern vielleicht auch.

Dass sie die kleine Chiara nicht getroffen hatte, darüber war Alessandra fast froh. Kinder stellten schließlich Fragen. Und was hätte sie einem Kind antworten sollen, wenn sie selbst nicht mal wusste, was sie wollte?

Liebte sie Flavio? Verliebt war sie bestimmt. Warum hätte sie sonst jedes Mal Herzklopfen, wenn sie ihn ansah. Aber Liebe? Dazu musste man frei sein. War Flavio frei? Vielleicht bildete er es sich ein. Aber wenn sie sah, wie er reagierte in Brunas Nähe, bei Erwähnung auch nur ihres Namens ... Wie verbittert er vorhin diese Männernamen aufgezählt hatte. Da war noch eine Menge unverdauter Wut. Verletzung. Flavio würde noch viel Zeit brauchen.

Und sie? Wie stand es denn um sie? Sven war noch da, ganz nahe bei ihr. Aber ihre Liebe hatte sich verwandelt. Statt Verzweiflung verlieh ihr die Erinnerung jetzt nur noch dieses kostbare Gefühl von Geborgenheit und Schutz. Als Frau, das spürte sie deutlich, durfte sie sich wieder frei fühlen. Frei, neu zu lieben.

„Es tut mir leid!" Sie hatte Flavio gar nicht kommen hören. Nun lehnte er sich an die Wand neben sie und atmete tief durch. „Ich hätte mich gar nicht so provozieren lassen sollen. Es wäre einfach schön gewesen, dich mit Chiara bekannt zu machen. Unbeschwert, unkompliziert. Aber vielleicht hat Bruna ja sogar recht, und unsere Beziehung ist gar nicht mehr so unverbindlich. Ihr Frauen habt da ja so gewisse Antennen. Möglicherweise hat sie etwas gespürt."

„Was gespürt?", hätte Alessandra jetzt am liebsten gefragt. Stattdessen griff sie nach seiner Hand. „Gehen wir ein paar Schritte?"

„Ja, aber nicht hier." Er öffnete die Wagentür: „Komm, steig ein." Bevor er den Motor startete, fragte er: „Wonach ist dir jetzt? Nach Armani, Gucci, Prada, Versace in der berühmten Via Monte Napoleone? Oder möchtest du dich in der Galleria Vittoria Emanuele unter der gigantischen Glaskuppel einmal um die eigene Achse drehen?"

Sie schaute ihn verständnislos an.

„Auf dem Mosaikboden befindet sich ein Stierwappen. Ein alter Aberglaube besagt, dass es Glück bringt, wenn man sich auf dem armen Tier auf dem Absatz einmal um die eigene Achse dreht. Das mit dem Glück funktioniert aber nur, wenn man den rechten Fuß benützt." Flavio lachte. „Was soll's. Die Touristen haben Spaß daran. Doch abgesehen davon: Die Galerie ist wirklich sensationell. Immerhin ist sie die älteste, überdachte Einkaufspassage der Welt. Und sie liegt quasi gleich um die Ecke."

„Ich habe darüber gelesen. Aber, ehrlich gesagt, würde ich für eure wunderschöne Basilika und alle Sehenswürdigkeiten gern ein anderes Mal mehr Zeit aufwenden. Ich liebe die Neugotik. Aber im Moment möchte ich lieber etwas weiter weg von hier."

Flavio nickte. „Du hast recht. Was hätte ich sonst noch anzubieten?" Er runzelte nachdenklich die Stirn.

„Flavio!", protestierte Alessandra. „Es ist ja rührend, dass du den Fremdenführer spielen willst für mich. Aber du bist sicher müde. Lass uns zurückfahren."

Er überhörte ihren Einwand. „Ach ja, ich könnte dir noch eine kleine Anregung für den Ausbau der Villa Bianca zeigen. Den Bosco verticale", rief er dann.

„Sind das diese verrückten, bewaldeten Zwillingshochhäuser, von denen man überall liest?"

„Genau. Der Architekt Stefano Boeri hat fast tausend Bäume auf die Terrassen und Balkone pflanzen lassen. Ökologisch ein geniales Konzept, wenn auch etwas kostenintensiv. Auf einer Ebene hätte die Bepflanzung mehrere tausend Quadratmeter Wald ergeben. Bewässert wird das Ganze mit dem Brauchwasser der Häuser. Leider ist es schon dunkel. Sehen kann man jetzt nicht mehr viel. Aber wir könnten trotzdem dort vorbeifahren."

Alessandra betrachtete ihn von der Seite. Seine Müdigkeit war nicht zu übersehen. „Flavio, Mailand rennt uns nicht weg!"

„Vielleicht doch!", antwortete er vieldeutig. „Also auch nicht zu den Navigli? Die hatte ich dir doch versprochen."

Alessandra legte ihre Hand auf seine. „Nein, auch keine Kanäle. Lass uns vernünftig sein, bitte!"

Er presste die Augen zusammen. „Schade. Ich hätte dir so gern einen unvergesslichen Tag geboten."

„Das ist dir doch auch gelungen", sagte sie. Dann schauten sie sich an und begannen beide zu lachen. Es war kein heiteres Lachen, sondern eher ein bitteres, ironisches. Spontan legte Flavio seinen Arm um ihre Schultern und zog sie zärtlich an sich. „Aber küssen darf ich dich jetzt?", fragte er heiser.

„Wir stehen immer noch in Sichtweite des Hotels", flüsterte Alessandra.

Abrupt ließ er sie los und startete den Motor. Nach wenigen Metern bog er in die Via Verdi ab. In einer Haltebucht hielt er an, beugte sich zu ihr hinüber und strich ihr zärtlich durchs Haar. „Besser hier?"

Über seinem Kopf sah sie in der Ferne die beleuchteten, hellen, fein ziselierten Türme der Basilika. „Viel besser!", murmelte sie, bevor sich ihre Lippen zu einem leidenschaftlichen Kuss vereinten.

Schweigend hingen beide ihren Gedanken nach. Eine innige Vertrautheit lag zwischen ihnen. Alessandra zeichnete mit dem Finger die Konturen der Knöchel von Flavios Hand nach und streichelte seine langen, schmalen Finger. Diese Hände passten zu ihm, dachte sie. Männlich, bestimmt und doch sensibel und sanft. Sie hätte ewig so weiterfahren können.

Plötzlich setzte Flavio den Blinker, und sie verließen die Autobahn. „Wohin entführst du mich?"

„Nach Vigevano. Ich nehme doch stark an, dass du allmählich etwas Appetit hast. Es gibt dort ein wunderbares Restaurant. Vor allem aber ist die Stadt berühmt für einen der schönsten Plätze, die ich kenne."

Flavio hatte nicht übertrieben. Der hell erleuchtete Hauptplatz der kleinen Stadt, die Piazza Ducale, war von überwältigender Schönheit. Prächtige Renaissancebauten mit Arkaden und Säulen umsäumten den viereckigen Platz auf drei Seiten, während die vierte Seite durch eine Kathedrale im Barockstil begrenzt wurde. Im Schutz der Säulengänge drängten sich elegante Geschäfte und Restaurants dicht an dicht.

„Wahnsinn!", entfuhr es Alessandra. „So eine geballte Ladung an Schönheit hätte ich in diesem Provinzort nicht erwartet."

Amüsiert beobachtete Flavio, wie Alessandra mit ihrer Kamera begeistert die üppigen Malereien auf den Fassaden und die faszinierende Musterung der Pflästerung des Platzes fotografierte. Sie besaß einen ausgeprägten Schönheitssinn und ein Faible für ungewöhnliche Details. Fröhlich winkte er ihr zu und öffnete dann einladend die Tür des Restaurants Rinascimento.

„Wow! Edel!", entfuhr es Alessandra, als sie das schwülstige, reich dekorierte Lokal betraten. „Ist dieses Interieur jetzt das neue Leitbild für das Hotel Bianca?", fragte sie, als sie eine mit schweren Teppichen belegten und mit Bordeaux und Gold tapezierten Säulenhalle durchquerten.

Ihr Tisch stand an einer mit Stucco veneziano verzierten, goldenen Wand. „Diese coolen Plexiglasstühle sind zwar eine Faust aufs Auge in diesem Renaissancepalast," feixte Alessandra, als sie sich setzten. „Aber die weißen Wölkchen da oben sind nicht schlecht". Sie zeigte auf das bemalte hellblaue Himmelsgewölbe über ihren Köpfen.

„Ich sehe schon, wir haben den gleichen Geschmack." Flavio ergriff zärtlich ihre Hand. „Sie scheinen mir ein bisschen übermütig zu sein, Signora. Aber das Essen hier ist genial. Und weit weniger pompös als das Ambiente." Dann wurde sein Gesicht ernst. „Ist alles in Ordnung?"

Alessandra erwiderte seinen Blick. „Ordnung ist vielleicht nicht das richtige Wort. Denn hier drinnen", sie deutete auf ihr Herz, „herrscht momentan ein ziemliches Durcheinander. Und bei dir?"

„Ich bin auch etwas neben der Spur. Aber glücklich. Ehrlich gesagt hatte ich schon befürchtet, dass meine Gefühle wirklich nur einseitig wären. Dabei hast du mich von Anfang an beeindruckt."

„Wegen meiner Schwimmtechnik?"

Er lachte laut heraus. „Genau! Nur darum. Keine krault so wie Alessandra." Liebevoll küsste er sie auf die Stirn. „Ich glaub, du hast wirklich nichts gemerkt. Versteh einer die Frauen." Er lehnte sich genüsslich zurück. „Aber Liebe macht offenbar nicht nur durstig, sondern auch hungrig. Ich freue mich auf ein gemütliches ..."

In diesem Moment klingelte Alessandras Handy. Sie schaute aufs Display und murmelte erklärend: „Hamburg. Es ist Lorenzo, der Galerist.". Dann lauschte sie angespannt. Als sie auflegte, war sie kreidebleich. „Es tut mir leid, aber wir müssen sofort los", stammelte sie. „Enrico hatte einen schweren Unfall."

Flavio stand schon unter der Tür und hielt ihr den Mantel entgegen. „Fahren wir!"

Der Unfall

Als Alessandra und Flavio in Pietra Ligure ankamen, war es bereits Mitternacht. Die Zufahrt zur Notaufnahme des Ospedale war glücklicherweise gut ausgeschildert. Wie makaber, dachte Alessandra. Der riesige Bogen mit der Aufschrift `Santa Corona` wirkt wie ein gigantisches Tor vor einer Zieleinfahrt. Und sie betete innerlich, dass dies für Enrico nicht das Endziel gewesen sein möge.

Ein Ambulanzfahrer, der vor der Notaufnahme geparkt hatte, verwies sie an den Empfang des Hauptgebäudes. Als sie das riesige Gebäude, eine Mischung von Grand Hotel aus dem Fin du siècle und Kaserne, betraten, schauderte es sie.

Der Schalter war nur schwach beleuchtet. Die einzige Empfangsdame war gleichzeitig an zwei Telefonen, legte abwechselnd den einen, dann den anderen Hörer auf den Tresen. Als sie die beiden Besucher sah, verdrehte sie genervt die Augen und schrie sowohl in die beiden Hörer wie zu ihnen: „Pazienza, Pazienza, Pazienza!" Dann drückte sie verzweifelt auf einen roten Knopf. Nach einer gefühlten Ewigkeit erschien endlich ein untersetzter Mann in grünem Kittel. Die Dame rief ihm etwas zu.

Der Arzt zog seinen Mundschutz vom Gesicht, streifte seelenruhig seine Kapuze und Plastikhandschuhe ab und streckte Alessandra die Hand entgegen. „Dottore Scampi, Neurochirurgo", stellte er sich vor. „Sie sind hier wegen Signore Dorn, habe ich gehört." Enricos echten Namen hatte er offenbar einem offiziellen Dokument entnommen.

Alessandra nickte. „Wie geht es ihm?"

„Gehen wir in den Besprechungsraum!", schlug der Arzt vor.

Seine ausweichende Reaktion irritierte Alessandra. Warum sagte er nicht gleich, ob Enrico überhaupt noch lebte! Und wenn ja, ob er eine Chance hatte.

Der Arzt rückte für sie zwei Stühle zurecht, und als sie sich gesetzt hatten, lehnte er sich gegen das schwere Mahagonipult und verschränkte die Arme. „Die Knochenbrüche, die sich ihr Bruder bei seinem Fenstersturz zugezogen hat, klingen zwar dramatisch, aber sie sind leider nicht unser Hauptproblem. Mehr Sorgen bereiten uns seine Kopfverletzungen. Deswegen mussten wir ihn in ein künstliches Koma versetzen."

Auf Alessandras beunruhigten Blick erklärte er: „Das ist eine Art Langzeitnarkose, bei der Herz und Kreislauf des Patienten überwacht werden. Er wird künstlich beatmet und ernährt. Das Ganze machen wir, um seinen Körper zu entlasten. So kann er sich er sich regenerieren und der Heilungsprozess kann einsetzen.."

„Und? Er wird es doch schaffen?", fragte Alessandra atemlos.

„Um zu beurteilen, wie fatal sich die Verletzungen auf sein Gehirn ausgewirkt haben, müssen wir die Auswertungen der Computertomografie abwarten. Immerhin konnten wir ihn dank der hervorragenden ersten Hilfe am Unfallort und der schnellen Überführung hierher stabilisieren und am Leben erhalten. Bis jetzt."

Alessandra schloss die Augen. Enrico war am Leben! Das war das Einzige, was sie aus den Erklärungen des Doktors herausgehört hatte. Aber was hatte dieser Arzt gesagt? Bis jetzt?

Er schien ihre Gedanken zu erraten. „Ich will ihnen keine falschen Hoffnungen machen, Signora. Wir müssen abwarten. In zwei bis drei Tagen wissen wir mehr."

Der Arzt schritt zur Tür. Alessandra erhob sich wie benommen. Flavio legte beschützend seinen Arm um sie. „Es wird alles gut", flüsterte er.

Als sie sich verabschiedeten, hielt Dottore Scampi Alessandra am Arm zurück. „Es gibt da noch ein kleines Problem, Signora." Er hüstelte: „Signore Dorn hatte Alkohol im Blut. Ist er Alkoholiker? Wir müssen das wissen, weil ein Delirium beim Aufwachen gefährlich werden könnte."

Alessandra überlegte fieberhaft, was sie antworten sollte. Dass der Arzt annahm, dass sie Enricos Schwester sei, das hatte Flavio eingefädelt. Bloß als Bekannte oder Mitarbeiterin hätte sie nie eine Chance gehabt, Informationen über Enricos Gesundheitszustand zu bekommen, hatte er ihr eingeschärft. Aber was sollte sie jetzt antworten?

Flavio kam ihr zu Hilfe. „Sorry, aber meine Freundin ist verständlicherweise durcheinander. Wir wissen natürlich, dass ihr Bruder alkoholkrank war. Doch dieses leidige Kapitel ist bestimmt seit mehr als drei Jahren abgeschlossen. Seither hat Signore Dorn den Alkoholkonsum im Griff. Wenn er Alkohol im Blut hatte, dann bestimmt nur in geringer Menge. Und als großer, kräftiger Mann kann er ja ein bisschen etwas vertragen. Es ist ausgeschlossen, dass er deshalb aus dem Fenster gestürzt ist. Vielmehr ist ihm vermutlich genau seine beträchtliche Körpergröße zum Verhängnis geworden, und er ist über die viel zu niedrige Fensterbrüstung gestolpert."

Der Arzt verzog skeptisch seinen Mund. „Es ist nicht meine Sache, dies zu beurteilen. Aber wenn ich Ihnen einen Rat geben darf: Überlegen Sie sich genau, was sie der Versicherung erzählen werden. Denn die wird mit unangenehmen Fragen auf Sie zukommen. Garantiert."

„Und jetzt?" Flavio sah sie fragend an, als sie in Imperia die Zahlstelle der Autobahn passiert hatten. „Du bist sicher erschöpft."

Alessandra rieb sich die Schläfen. „Ich bin nur geschockt. Obwohl Enrico mir immer wieder gewaltigen Ärger beschert hat, habe ich ihn gern. Vermutlich weckt er bei mir", sie zögerte, bevor sie fortfuhr, „irgendwelche Mutterinstinkte. Er kommt mir vor wie ein altes Riesenbaby. Ein begnadetes, allerdings." Sie lächelte. „Lorenz wird morgen in Hamburg das erste Flugzeug nehmen. Er klang ganz verzweifelt am Telefon."

„Euer Enrico wird es überleben. Vertraue darauf. Santa Corona hat in der Unfallchirurgie den allerbesten Ruf."

„Aber ich kann nichts machen."

„Unterschätze deine geistige Kraft nicht, Alessandra. Du kannst an ihn denken und ihm Kraft schicken."

Sie legte zärtlich ihre Hand auf seine und atmete tief durch. „Du weißt gar nicht, wie froh ich bin, dass es dich gibt." Er parkte in der Nähe des Fischerhafens. „Ich begleite dich noch bis zur Tür", sagte er dann.

„Möchtest du noch mit hineinkommen?", fragte sie, als sie die Tür aufschloss. „Schlafen kann ich nach dieser Aufregung sowieso noch nicht. Und du hast bestimmt noch Hunger. Nachdem wir schon wieder ein Abendessen abrupt abbrechen mussten."

Wortlos schloss Flavio sie in die Arme, und während er sie küsste, schob er mit dem Fuß die Tür hinter ihnen zu.

In Alessandras Kopf drehte sich alles. Ein heißes Gefühl kroch in ihr hoch, von den Knien bis zum Hals. Sie schloss die Augen. Für einen kurzen Moment tauchte Svens Gesicht vor ihr auf. Sie sah, wie er lächelte. Wie er langsam rückwärtsging, leise winkend, bis das Bild sich in hellem Licht auflöste. Es geht alles viel zu schnell, dachte sie. Aber trotzdem fühlte sich alles richtig an.

Flavio nahm ihr Gesicht zwischen seine Hände und sah sie ernst an. „Alessandra, ich habe mich in dich verliebt. Aber wenn du dir nicht sicher bist oder noch Zeit benötigst, dann könnte ich das verstehen."

Sie schüttelte heftig den Kopf. „Ich will nicht warten. Es stimmt alles. Ich brauche diese Nähe zu dir. Jetzt. Unbedingt!" Hastig streifte sie ihren Mantel ab. Flavio seine Jacke. Mit den Händen fuhr sie unter sein Hemd, streichelte erregt seinen Rücken. Sie schnupperte an seinem warmen Hals. Wie wunderbar er roch! „Ich könnte dir aber auch Spaghetti al peperoncino zubereiten. Einen Amarone hätte ich auch noch anzubieten", flüsterte sie zwischen zwei Küssen.

„Später," lächelte er. „Wir haben Zeit. Viel Zeit." Bedächtig öffnete er die Knöpfe ihrer Bluse, zog die Träger des seidenen Tops über ihre Schultern. Langsam, Schritt für Schritt, schob er sie Richtung Schlafzimmer.

Nein, sie wollte noch nicht aufwachen! Sie musste sich zurückbeamen, in den wunderschönen Traum von eben. Sie schwamm. Durch einen spiegelglatten See. Das warme Wasser umspülte seidenweich ihren Körper. Über ihr hingen die hellgrünen, zarten Zweige einer Trauerweide. Es roch nach Frühling! Eine Gruppe von Schwänen bildeten eine Gasse, damit sie zwischen ihnen hindurch schwimmen konnte. Vom Ufer her rief ihr ein Mann etwas zu. Der Mann beugte sich über sie, streichelte mit dem Zeigefinger sachte die Konturen ihres Gesichtes nach. Sein Gesicht kam näher.

Benommen öffnete Alessandra die Augen und richtete sich auf.

„Buon giorno!", flüsterte der Mann.

„Flavio?" Sie sah sich verwirrt um.

Er schmunzelte: „Siehst du sonst noch jemanden hier?"

Sie stöhnte. „Sorry, aber ich bin ganz durcheinander. Ich wollte dir doch Spaghetti kochen."

„Stimmt. Das wolltest du. Aber dazu ist es vielleicht ein bisschen zu früh." Er ging zum Fenster und zog den Vorhang beiseite. Geblendet vom gleißenden Sonnenschein blinzelte sie. Dann sprang sie aufgeregt aus dem Bett. „Es ist schon Morgen? Ich hatte den Eindruck, ich sei nur für ein paar Minuten eingeschlafen." Sie angelte nach einem überlangen T-Shirt, das am Stuhl neben dem Bett hing, und schlüpfte hastig hinein.

„Wie schade", schmollte Flavio. „Ich hätte dich gerne noch ein bisschen betrachtet. Du bist wunderschön, Alessandra." Er trat dicht vor sie. „Wunderschön und wunderbar", raunte er. Als er sie in die Arme schloss, spürte sie wieder diese erregende, heiße Welle in sich aufsteigen. Fremd und doch vertraut.

„Bist du glücklich?"

Sie nickte und antwortete mit einem innigen Kuss. Dann wand sie sich aus seiner Umarmung. „Ich möchte so gerne noch mit dir ein paar Stunden ..."

„Was?" Flavio zwinkerte schelmisch.

„Liegen bleiben", lächelte sie. Dann griff sie zum Handy und las die Textnachrichten. „Lorenz landet leider schon um elf. Ich muss ihn am Flughafen abholen. Bist du mir sehr böse, wenn ich dich jetzt allein lasse?"

„Bis Nizza brauchst du anderthalb Stunden. Das heißt", Flavio warf einen Blick auf die Uhr, „uns bleibt noch Zeit für einen Kuss, einen Cappuccino, einen Kuss, eine Brioche und nochmals einen Kuss. Danach werde ich, wenn es dir recht ist, bei Bianca vorbeifahren, um Happy abzuholen. Der kann mir dann dabei helfen, zwei drei Immobilien abzuklappern, bis du zurück bist. Meine Schwester hat ein paar alternative Besichtigungen für mich organisiert." Er hielt irritiert inne: „Was ist mit dir? Du hast plötzlich so einen kummervollen Blick."

Alessandras Lächeln wirkte gequält. „Es ist mir eben eingefallen, dass ich im Krankenhaus anrufen sollte. Und jetzt habe ich weiche Knie."

„Das verstehe ich doch. Du gehst in aller Ruhe unter die Dusche und machst dich bereit. Und ich telefoniere in der Zwischenzeit mit Santa Corona. Ich gebe einfach vor, dein Ehemann zu sein. Ok?"

Als Alessandra aus dem Bad kam, stand Flavio fertig angezogen unter der Tür.

„Und?", fragte sie angstvoll.

Flavio nickte ihr aufmunternd zu. „Dottore Scampi meinte, dass Enrico Glück im Unglück gehabt hätte. Das zweite Gutachten stehe noch aus, aber es sähe so aus, als könne man ab heute Abend die Narkosemedikamente reduzieren und ab morgen bereits die Aufwachphase einleiten."

Alessandra atmete erleichtert auf. „Das heißt, er könnte morgen wieder ansprechbar sein?"

„Mit Prognosen sind die Ärzte zurückhaltend. Die Schädigungen durch den Sturz können sich auf das Sprachvermögen auswirken. Oder auf das Bewegungszentrum. Es ist noch alles offen. Aber wenn er überlebt, und so sieht es momentan aus, dann wird für deinen Maler auf jeden Fall die lange Zeit der kurzen Schritte warten."

Lorenz

Auf der sonnigen Terrasse des Restaurants la Reserve in Bordighera herrschte Hochbetrieb. Alessandra und Lorenz hatten sich den letzten Tisch ergattert, direkt am Geländer über den Felsen.

„Ich vergesse immer wieder, wie schön es hier unten ist. In Hamburg sind es drei Grad, und hier können wir draussen sitzen, ohne Mantel. Dazu diese atemberaubende Sicht!" Lorenz deutete auf das schillernde Meer. „Diese Übergänge der Blautöne, von Lapis über Saphir bis Kobalt." Doch dann wurde sein Gesicht ernst. „Selbst wenn man von harmlosen Farben spricht, landen die Gedanken unweigerlich bei Enrico. Ich kann es immer noch nicht fassen. Was für ein Idiot!"

Alessandra hob die Schultern. „Urteile nicht zu schnell. Noch wissen wir nicht, was genau passiert ist."

Lorenz drehte nachdenklich am Stil seines Weißweinglases. „Diese verfluchte Sauferei! Aber vermutlich hast du recht. Wir müssen abwarten, bis er wieder ansprechbar ist. Auf jeden Fall danke ich dir, dass du gestern gleich zum Krankenhaus gefahren bist. Heute macht es wahrscheinlich keinen Sinn, dort vorbeizugehen und alle verrückt zu machen."

Nachdenklich musterte er Alessandra. „Aber du siehst trotz der stressigen Freinacht gut aus, Tesoro. Verdächtig gut, sogar. Gibt es womöglich etwas, das du deinem alten Freund verheimlichst? Bin ich etwa nicht mehr der Einzige in deinem Herzen?", spielte er den Empörten.

Alessandra lachte hell heraus. „Ach Lorenz, ich frage dich ja auch nicht, wie viele Nebenbuhlerinnen ich habe."

Er begann, die Finger seiner Hand zu zählen. Dann ballte er sie zu einer Faust und seufzte theatralisch: „Ach, ich mach dir vermutlich besser nichts vor. Keine einzige. Scheinbar hat meine legendäre Anziehungskraft etwas abgenommen. Aber vielleicht kennst du ja eine sympathische Italienerin, die vor einem komplizierten Germanen nicht zurückschreckt und nach Liebe lechzt."

„Die Italienerin, die ich kenne, lechzt sogar nach sehr viel Liebe. Zu viel, leider," entfuhr es Alessandra.

„Eine Nymphomanin?"

Sie wehrte ab: „Ich bitte dich! Nein, nein, sie hat einfach ein großes Herz und weiß nicht wohin mit all den gewaltigen Gefühlen."

„Dann ergeht es ihr ja genau wie mir. Perfekt! Wann stellst du mir dieses wunderbare Geschöpf denn vor?"

Du wirst sie schneller kennenlernen, als du ahnst, dachte Alessandra. Aber sie wollte nicht über Bianca reden. Eigentlich hatte sie eh schon zu viel gesagt. „Soll ich dich jetzt zu Enricos Atelier fahren?", wechselte sie deshalb das Thema.

„Oh Gott, Enrico, stimmt!" Lorenz wurde blass. „Ich hatte den Gedanken an ihn für einen Moment völlig verdrängt, sorry. Ich mag mir gar nicht vorstellen, was in seinem Kopf ablaufen wird, wenn er realisiert, was geschehen ist. Wenn er nicht mehr Malen kann – ich glaube, dann bringt er sich um!" Er schwieg lange, bevor er fortfuhr: „Ich bin nur froh, dass er vor dem Unfall so intensiv gearbeitet hat. Die neue Reihe für die Ausstellung ist Gott sei Dank schon komplett. Vielleicht ist er ja sogar darum abgestürzt, weil er sich dermaßen verausgabt hat. Vor Erschöpfung."

Alessandra biss sich auf die Lippen. Lorenz würde die Wahrheit noch früh genug erfahren.

„Auf dieser Strecke braucht es gute Nerven", entschuldigte sich Alessandra, als sie im Schritttempo durch San Remo fuhren. „Aber du wolltest ja partout die Küstenstrasse nehmen. Betrachte es als Sightseeing."

Lorenz hatte die Seitenscheibe heruntergelassen und lehnte sich aus dem Fenster. „Jetzt müsste gleich die fantastische Villa Nobel kommen! Der schwedische Chemiker hat hier gelebt und im Untergeschoss dieses Märchenschlosses experimentiert. Hier ist der begnadete Alfred auch gestorben."

„Aber nicht bei einer Explosion seiner berühmten Erfindung, des Dynamits, sondern im Bett", kommentierte Alessandra lakonisch. „Doch zugegeben, San Remo hat was. Das luxuriöse Casino zieht immer noch Leute an, und das legendäre Schlagerfestival erlebt sogar einen neuen Boom."

Lorenz nickte. „Ich habe die Plakate schon am Flughafen gesehen. Die altehrwürdigen Hotelkästen werden vermutlich voll belegt sein von all den Stars und Paparazzi. Das Grand Hotel des Anglais, das Londra, das Miramare ..."

„Du kennst dich tatsächlich aus!", staunte Alessandra.

„Ich hatte dir ja erzählt, dass meine kulturbesessenen Eltern meinen Bruder und mich jahrelang während der Sommerferien durch Ligurien gepeitscht haben." Er lachte. „Eigentlich erstaunlich, dass mich die alten Geschichten trotzdem noch weiter fasziniert haben. Immer wieder hat es mich hierhergezogen."

Bei der Ortsausfahrt von San Remo verlangsamte Alessandra die Fahrt und zeigte auf einen riesigen Gebäudekomplex, der auf einem Hügel thronte. „Aber diesen Glaspalast gab es zu deiner Jugendzeit bestimmt noch nicht."

„The Mall San Remo", las er. „The exclusive luxury outlet immersed in the Flower Riviera." Er pfiff durch die Zähne. „Ein Wahnsinn! Gucci, Armani und Lagerfeld, umgeben von ligurischen Bauerndörfern. Für wen um alles in der Welt wurde denn dieses Monstrum gebaut?"

„Ganze Busladungen von chinesischen und russischen Touristen werden erwartet. Aus Nizza, Cannes, Monte Carlo, Genua." Alessandra beschleunigte die Fahrt wieder. Dann bog sie von der Aurelia ab und fuhr direkt dem Meer entlang, an den hübschen Städtchen Riva Ligure und Santo Stefano vorbei.

„Hier ist die Welt gottlob noch intakt. Genau wie damals. Da drüben, in dem Eisladen, da bekam ich jeweils das allerbeste Gelato al pistacchio!", rief er begeistert.

„Ich habe verstanden!", lächelte Alessandra und hielt in einer Parklücke an. „Geh schon! Ich vertrete mir inzwischen ein bisschen die Füße da unten am Strand."

„Köstlich! Es schmeckt noch genauso wie früher. Magst du probieren?" Strahlend streckte Lorenz ihr ein Cornet mit grünem Eis entgegen.

Alessandra betrachtete ihn nachdenklich, wie er verzückt an seinem Gelato leckte. Was für ein Glück, einen so herzlichen

Menschen zum Freund zu haben! Sie kannte keinen Mann, der so ernsthaft und dann wieder so ansteckend übermütig sein konnte wie Lorenz. Die Liebe war zwischen ihnen nie ein Thema gewesen. Er war einfach nur der beste Freund von Sven. Und würde es immer bleiben, auch wenn Sven nicht mehr da war. Lorenz war für sie eine Art Bruder und Vertrauter.

„Was geht in deinem Kopf vor, Tesoro?", unterbrach er ihre Gedanken.

„Ich habe daran nachgedacht, wie ich dir etwas Unangenehmes beibringen kann", antwortete sie schließlich zögernd. „Ich muss es hinter mich bringen, bevor ich dich in Enricos Atelier begleite."

Lorenz sah sie fragend an. „Schlimmer als diese Horrornachricht vom Unfall wird es ja kaum sein. Rück schon raus mit der Wahrheit. Willst du mir beibringen, dass du mit der Biografie über Enrico einen Hänger hast?"

„Das ist nicht das Problem. Viel schlimmer ist, dass Enrico einen Hänger hatte. Ich wollte es dir schon lange sagen. Aber er bestand darauf, es dir selbst beizubringen. Doch das ist nun leider nicht mehr möglich."

„Und das heißt im Klartext?" Lorenz wurde hellhörig.

„Das heißt, dass Enrico dich angelogen hat. Es tut mir leid. Aber die Leinwände im Atelier sind leer. Alle!"

Biancas Vorschlag

„Na? Hattet ihr einen interessanten Tag, gestern in Mailand?"
Bianca schob die wohlriechenden Kräuter vom Holzbrett in die
gusseiserne Pfanne und rührte den köstlich duftenden Sugo kurz
um. Dann zwinkerte sie Alessandra verschwörerisch zu. Irritiert
erwiderte diese ihren Blick. Flavio hatte doch nicht etwa ...?

„Keine Angst", grinste sie. „Flavio ist sehr diskret. Aber ich
habe es meinem Bruder an der Nasenspitze angesehen. Und deine
Augen glänzen auch so verdächtig. Euch muss es ziemlich erwischt
haben. Aber für mich ist das natürlich perfekt. Meine beiden
Lieblingsmenschen im Multipack!"

„Du bist unmöglich! Ich weiß doch noch gar nicht ..."

„Aber ich. Vertrau einer Expertin. In Sachen Liebe kenne ich
mich aus."

„Kann ich dir etwas helfen?", versuchte Alessandra, die
Freundin vom Thema abzulenken.

„Nein, nein, danke. Ich mag es gar nicht, wenn mir jemand in
der Küche im Weg steht. Außerdem hatte ich dir ja am Telefon
schon gesagt, dass ich nur etwas Einfaches zubereite. Ein paar
Spaghetti. Die Vorspeise aus rohen Carciofi mit Parmesan habe ich
bereits vorbereitet. Zum Dessert gibt's nur noch Gelato. Meinst du,
das passt deinem vornehmen Hamburger?" Schwungvoll hob
Bianca den großen Topf mit dem Spaghettiwasser auf den Herd.
Dann begann sie, den Parmesan zu reiben.

„Lass mich das doch erledigen!" Lorenz war unbemerkt in die
Küche getreten und hatte sich hinter Bianca gestellt.

„O, wie nett. Vielen Dank!" Bianca drückte Lorenz das große Käsestück und die Reibe in die Hand und lächelte ihr verführerischstes Lächeln.

Alessandra schmunzelte. Wie war das schon wieder mit 'Ich mag es gar nicht, wenn mir jemand in der Küche im Weg steht'? Aber vermutlich waren Männer für Bianca keine Leute.

Nur kurz wandte sich Bianca ihr zu: „Alex, bitte kümmere dich doch um Flavio! Er kann schon mal den Weißwein öffnen und uns auch zwei Gläser bringen. Wir brauchen noch zwanzig Minuten."

„Deine Schwester ist einfach ein Phänomen!", lachte Alessandra, als sie sich zu Flavio an den Esstisch setzte. Sie deutete auf die skurrilen, keramischen Tierfiguren, die von allen Regalen auf sie herunterschauten. Auf die unzähligen Bilder. „All das ist ihr Werk. Dazu kommt, dass sie sich den ganzen Tag gestylt und geschminkt mit mühsamen Kunden und Bürokraten herumschlägt. Dann stellt sie sich in die Küche ..."

„Und hat erst noch die Energie, nebenbei zu flirten", ergänzte Flavio. „Ich hab's auch mitbekommen. Aber Spaß beiseite: Ich finde ihn auch ausgesprochen sympathisch, diesen Galeristen. Wie hat er eigentlich reagiert, als du ihm eröffnet hast, dass Enricos Leinwände noch leer sind? Auf mich wirkte er vorhin ziemlich gelassen."

„Lorenz ist ein kreativer Kopf. Er kann mit jeder Herausforderung umgehen. Ich war mit ihm noch im Atelier. Nach dem ersten Schock hat er die vielen kleinen Blätter von Enrico durchgesehen, von denen ich dir erzählt habe."

„Die mit den Todesanzeigen?"

Alessandra nickte. „Ihm erging es wie mir. Nach ein paar Momenten der Irritation war er Feuer und Flamme."

„Aber er kann ja nun nicht plötzlich statt der angekündigten Großformate einfach Dutzende von kleinen Bildern ausstellen?"

Alessandra hielt den Zeigefinger vor ihre Lippen und machte ein geheimnisvolles Gesicht. „Pst. Wart ab. Lorenz ist immer für eine Überraschung gut."

Flavio zog sie nahe zu sich heran und küsste sie hingebungsvoll. „Warum werde ich das Gefühl nicht los, dass dies nicht einfach ein harmloses Abendessen bei meiner Schwester, sondern eine Verschwörung ist?"

Lorenz erhob sich und klopfte feierlich an sein Glas, als würde er eine wichtige Ansprache halten wollen. Ob er schon etwas beduselt war? Immerhin war ziemlich viel Wein geflossen. Alessandra setzte sich aufrecht hin und lauschte neugierig.

„Es war ein ziemlich aufregender Tag", fing er an. Alessandra vermied es, Flavios vielsagendem Blick zu begegnen. „Zuerst einmal danke ich dir, liebe Bianca, herzlich für diese spontane Einladung in deinem bezaubernden Ambiente. Und ehrlich, ich habe noch nie so herrliche Spaghetti gegessen wie hier. Ich würde noch ganz viele solche Teller leer essen, wenn ich könnte." Er deutete vielsagend auf seinen Bauch. „Dann richtet sich mein Dank natürlich auch an meine beste Freundin Alessandra. Ich hoffe, Flavio nimmt es mir nicht übel, dass ich sie weiterhin Tesoro nenne. Auf diesen Titel habe ich einfach uralte Rechte."

Alessandra wunderte sich, warum er Flavio ansprach, wenn es um sie ging. War es so offensichtlich, dass sie zusammen waren? Es war doch alles noch so neu, und sie hatte mit niemandem darüber gesprochen. Aber Lorenz redete weiter. „...und du, Tesoro, hast mir die Augen geöffnet." Sie hatte keine Ahnung, wovon er sprach. Sie musste sich zusammennehmen.

„Eigentlich ist dieser Besuch hier ein trauriger Anlass. Ein guter Freund hatte einen schweren Unfall und ringt um sein Leben. Wir wissen nicht, mit welchen Folgeschäden Enrico in Zukunft wird weiterleben müssen. Wie wir ihm helfen können. Aber eines ist sicher: Die Ausstellung muss trotz allem stattfinden. Ich weiß, dass dies für Enricos Moral extrem wichtig ist. Wir müssen weiter dranbleiben, am Projekt: 'Enrico Spina, nicht nur in Formaten groß'."

„Klingt nicht schlecht!" Alessandra konnte sich nicht zurückhalten. „Ist das die Headline für das Ausstellungsplakat?"

Lorenz lächelte triumphierend. Dann ließ er sich auf den Stuhl plumpsen. Ein bisschen angetrunken war er schon, dachte Alessandra. Aber noch sehr bei Trost. Der Slogan war wirklich ...

„Genial, nicht wahr? Der ist mir heute eingefallen, im Atelier, als du mir die Blätter gezeigt hast."

Alessandra faltete bedächtig ihre Serviette. Dann nickte sie. „Ziemlich clever, zugegeben. Damit kannst du die kleinen Formate, die Blätter, in der Show integrieren. Aber du hast ja kaum vor, einfach einige Großformate von früher mit in die Ausstellung zu schmuggeln? Eigentlich hattest du doch von der Fondazione Azzurra die Auflage, in der Ausstellung nur aktuelle Werke zu präsentieren."

„Ich weiß!" Lorenz nahm einen großen Schluck, bevor er weitersprach. „Und deshalb brauche ich euch, oder besser gesagt, eure Kontakte. Ich stelle mir vor, ein paar Dutzend von Enricos kleinen Formaten in Gruppen auszustellen. Als Originale. Was mir jetzt noch fehlt, ist jemand, der fähig ist, etwa zehn seiner Ideen auf Großformate umzusetzen."

„Ich!", entfuhr es Bianca.

„Du kennst jemanden?", fragte Flavio seine Schwester.

Aber Lorenz hatte bereits verstanden. „Du würdest das machen? Das wäre phantastisch, Bianca!", rief er. Und zu Flavio gewandt: „Bianca ist ein kreatives Genie. Wenn ich mich hier so umsehe, hat sie einen ausgeprägten Sinn für Formen und Farben. Die Techniken kennt sie von der Pike auf. Man müsste natürlich abklären, als was man solche Werke rechtlich korrekt deklariert. Als Duplikate? Als freie Interpretationen? Als Gemeinschaftswerke? Und man bräuchte Enricos Einverständnis. Das ist klar."

„Das klingt ja alles wunderbar. Es gibt da nur noch ein Problemchen", wandte Alessandra ein. „Du, Bianca, hast doch einen anspruchsvollen Job. Darin kann man dich nicht einfach vertreten."

„Doch!", fiel ihr da Flavio ins Wort. „Ich kann das. Das würde mir sogar ausgezeichnet passen. Ich werde in den nächsten Wochen sowieso hierbleiben. Es gibt nämlich noch weitere Neuigkeiten!" Mit geheimnisvollem Lächeln schaute er in die Runde.

„Mach's nicht so spannend!", stöhnte Bianca.

„Signora Umberto hat mir vorhin eine SMS geschickt." Er grinste. „Doch, doch, die alte Dame beherrscht SMS. Sogar einwandfrei. Ich habe auch gestaunt."

„Und was schreibt sie?" Alessandra wurde langsam ungeduldig.

„Dass sie nochmals verhandeln möchte. Weil sie uns molto simpatici findet."

„Dann war sie betrunken!", rief Bianca. Mit schmerzverzerrtem Gesicht rieb sie sich die Schläfen und stöhnte. „Mir wird das alles zu viel Kinder, tut mir leid. Zuerst dieser verrückte Plan mit den Großformaten. Ich weiß doch gar nicht, ob ich so einem Auftrag gewachsen bin. Klar wäre es genial, wenn ich mich wieder ausschließlich der Kunst widmen könnte. Und Flavio, dass du mich vertreten willst in der Agentur, das ist lieb gemeint. Aber wenn du die Villa Bianca kaufst, dann hast du bald keine Kapazität mehr. Und überhaupt: Woher willst du das Geld dazu nehmen?" Unvermittelt fing sie hysterisch an zu schluchzen.

Die beiden Männer standen ratlos neben ihrem Stuhl. Alessandra packte sie am Oberarm. „Komm, du brauchst frische Luft!" Entschlossen zog sie Bianca zur Tür. Die beiden Hunde folgten den Frauen mit begeistertem Gebell ins Freie.

„Ich habe das Gefühl, Bianca überfordert sich selbst." Flavio wirkte besorgt.

Lorenz klopfte ihm freundschaftlich auf die Schulter. „Ich habe deine Schwester ja erst heute kennengelernt. Aber wenn ich sie richtig einschätze, ist sie nicht nur fähig, große Bilder zu malen. Sie kann ganze Berge versetzen."

Alessandra warf einen kleinen Gummiball die Gasse hinunter, und die beiden Hunde preschten hinterher.

„Ich habe den Eindruck, mein Kopf explodiere gleich!", stöhnte Bianca. „Und gute und schlechte Gedanken wirbeln wild durcheinander. Zuerst verliebt sich meine beste Freundin in meinen Bruder. Danach dieser schreckliche Unfall von diesem Maler. Dann soll es auf einmal doch noch funktionieren mit der Villa Bianca. Und zu guter Letzt taucht dieser Lorenz auf, und plötzlich öffnet sich für mich die Chance, wieder in die Kunst einzusteigen."

Alessandra streichelte liebevoll ihre Schultern und reichte ihr ein Taschentuch. „Bianca, komm, entspann dich. Es war eine spontane Eingebung, als du dich gemeldet hast. Du kannst immer noch nein sagen. Ich fahre morgen zuerst mit Lorenz ins Krankenhaus. Sobald Enrico aufgewacht ist, wissen wir mehr. Danach solltest du sowieso erst mal mit Lorenz ins Atelier und dir die Blätter ansehen. Zuerst musst du ja spüren, ob du damit überhaupt etwas anfangen kannst."

Lea stellte sich vor Bianca hin, den Ball in der Schnauze. Happy, der leer ausgegangen war, winselte kläglich. Hastig zog Bianca aus ihrer Jackentasche einen zweiten Ball und warf ihn diesmal in die andere Richtung.

„Siehst du", lächelte Alessandra aufmunternd, „Du hast immer einen zweiten Pfeil im Köcher."

„Sieht so aus", schniefte Bianca und tupfte die zerlaufene, schwarze Schminke unter den Augen weg. „Wenigstens die Hunde sind von mir begeistert."

„Hey, warum erzählst du jetzt so einen Nonsens? Alle sind von dir begeistert. Sogar Lorenz. Und der geht ziemlich haushälterisch um mit der Verteilung seiner Sympathien."

„Lorenz findet mich gut?" Bianca schaute sie skeptisch an. Dann begannen ihre Augen zu strahlen. „Ich finde ihn unvergleichlich. Kultiviert, klug und charmant. Dazu sieht er umwerfend aus ... Ach, gäbe es doch mehr von seiner Sorte!"

Alessandra konnte ihr Lachen nicht zurückhalten. „Reicht dir denn einer von denen nicht?", feixte sie.

„Der ist bestimmt vergeben."

„Da irrst du dich."

Bianca starrte sie erstaunt an. „Bist du sicher? Dann hättest ja du ihn nehmen können. Lorenz wäre garantiert ein einfacherer Partner gewesen als mein problembeladener Bruder mit Immer-noch-Frau und Kind."

„Bianca, sorry, aber in der Liebe ist nicht immer das Einfachste das Beste."

„Ich weiß nicht. Ich hätte es wahnsinnig gern endlich einmal einfach. Einfach und ruhig." Energisch trat sie mit ihren Schuhen einen losen Pflasterstein zurück in die Lücke im lehmigen Untergrund. „Bei diesen alten Dörfern kannst du zusehen, wie sie verfallen, wenn niemand eingreift. Sobald die Dächer undicht sind, ist es passiert. Gott sei Dank gibt es immer wieder Menschen, die sich für solch altes Gemäuer begeistern und bereit sind, viel Geld in Renovierungen hineinzustecken."

Worauf wollte Bianca jetzt hinaus bei diesem Themawechsel? Alessandra wartete.

„Meine Wohnung hätte ja auch schon längst eine gründliche Sanierung nötig. Die Wände sind verschimmelt, die Fenster undicht. Aber das Haus gehört mir nicht und ist unverkäuflich."

„Du hattest ja eh im Sinn, etwas Eigenes in der Stadt zu suchen."

„Nicht suchen. Finden", grinste Bianca vielsagend.

„Du willst damit andeuten, du hättest bereits wieder etwas Tolles entdeckt?"

„Schlaues Kind. Preisfrage: Wo in der Altstadt würdest du denn am liebsten wohnen?"

„Auf Parasio. Oberhalb des Doms", antwortete Alessandra, ohne zu überlegen.

Bianca nickte zufrieden. „Ich sehe, du hast Geschmack. Und natürlich am liebsten in einer hellen Wohnung mit Terrasse und Traumblick aufs Meer?"

„Klingt verlockend. Aber so etwas ist sicher unerschwinglich."

„Dank dem Umstand, dass die Wohnung im Dachgeschoss, also im vierten Stock liegt und keinen Lift hat, hält sich die Nachfrage und damit der Preis glücklicherweise in Grenzen. Ab Ostern, wenn die Touristen kommen, sieht es natürlich wieder anders aus. Das bedeutet, ich müsste ziemlich schnell zuschlagen."

„Du denkst, dass du das Geld dafür zusammenbringst?"

„Ich bin ein klein wenig über dem vernünftigen Limit, das ich mir gesetzt hatte. Aber so ist es ja dauernd. Das, was man sich wünscht, ist immer ein winziges bisschen zu teuer. Ich kenne das von meinen Kunden. Irgendwie, mit Hängen und Würgen, schaffen sie es dann doch. Verkaufen ihr Auto, ihre Briefmarkensammlung oder ihr bestes Pferd im Stall. Der Mensch muss Opfer bringen, wenn er etwas wirklich will. Danach ist er dafür umso glücklicher."

Alessandra biss sich auf die Lippen und schwieg. Sie wollte Bianca die Freude nicht verderben. Dass Glücksgefühle, die vom materiellen Besitz abhängen, nicht anhalten, das musste jeder selbst erfahren. Sie hatte sich schließlich auch auf den ersten Blick in die Villa Bianca verliebt und sich bereits ausgemalt, wie es wäre, in dem

Gärtnerhaus, dem kleinen Pavillon neben dem Hotel im Park, zu wohnen. Und sie bildete sich ebenfalls ein, dass sie dort auf ewig glücklich wäre. So einer Sehnsucht war mit Vernunft nur schwer beizukommen.

„Es gäbe dort auch ein Gästezimmer!", hörte sie Bianca schwärmen. „Wenn dich mein Bruder nervt, kommst du einfach zu mir! Du musst zwar ein paar Treppen steigen, aber die Aussicht ist es wert. Die Möwen kreisen zum Greifen nah vor dem Schlafzimmerfenster. Bei klarer Sicht siehst du am Morgen bis nach Korsika. Es ist einfach atemberaubend. Ich sehe uns schon auf der Terrasse sitzen, bei einem schönen Glas Rotwein, und aufs Meer und die Dächer hinunterschauen."

„Bianca, Alessandra, ist alles ok?" Flavio war vor die Haustür getreten: „Kommt doch wieder rein? Das Kaminfeuer hier drinnen lodert fantastisch! Und euch wird sicher langsam kalt."

Alessandra schloss ihre Freundin in die Arme. „Ich freue mich unglaublich. Und ich drücke sämtliche Daumen!"

„Auch für die Malerei?"

„Für die Malerei. Für deine Traumwohnung", antwortete sie. Und dafür, dass du ankommst. Bei dir. Und irgendwann auch bei einer echten Liebe, dachte sie.

Bianca trug ein tief ausgeschnittenes, schwarzes Cocktailkleid und warf mit theatralischen Gesten Papierfetzen von der Terrasse hinunter auf die Piazza. Die ligurischen Bauern, die sich auf der Piazzetta versammelt hatten, applaudierten und sammelten begeistert die Todesanzeigen ein. Bianca verneigte sich hoheitsvoll. Am Terrassengeländer war eine riesige Leinwand befestigt. Darauf hatte sie in blauen Lettern gesprayt: „Gerald, 78, alt Studienbeauftragter und Josefine von Segesser, 89, Hauswirtschafterin". Enrico Spina saß neben ihr in einem Rollstuhl und lachte Tränen. Flavio tanzte mit Signora Umberto zum übermütigen Geigenspiel von Lorenz Mazurka. Aufhören, basta!, rief eine alte Frau von der Nachbarsterrasse. Und basta schrie auch Alessandra, als sie schweißgebadet erwachte.

Aufgeregt winselnd rannte Happy vor ihrem Bett hin und her. Alessandra wankte ins Bad und klatschte sich kaltes Wasser ins Gesicht. Noch völlig benommen füllte sie dann seinen Futternapf. Danach setzte sie die Kaffeemaschine in Betrieb und ließ sich mit der Tasse dampfenden Espressos auf einen Stuhl am Esszimmertisch sinken.

Was für einen Unsinn hatte sie da bloß geträumt! Doch hatte ihre Mutter nicht immer wieder gepredigt, dass man Träume ernst nehmen sollte? Sie hatte sich sogar zu einer wahren Meisterin entwickelt in der Kunst, die Symbolik der Träume zu entschlüsseln, und hatte selbst andere Menschen darin beraten.

Was würde dieser Traum verheißen, wenn sie ihn nach Mutters Rezept interpretierte? Er würde bedeuten, dass Enrico über dem Berg war und die künstlerische Assistenz von Bianca gutheißen würde. Sogar Erfolg wäre angesagt. Dass Lorenz Geige spielte, war ihr zwar neu, symbolisierte aber, dass er sich glücklich fühlte. Und Flavio? Er hatte getanzt mit der geizigen Alten. Wollte er also tatsächlich dranbleiben, an seinem Projekt Villa Bianca? Spielerisch vielleicht, aber letztlich hartnäckig.

Nachdenklich rührte sie in ihrem Kaffee. Was hatte Bianca gestern gesagt? Lorenz wäre garantiert ein einfacherer Partner für sie gewesen als ihr problembeladener Bruder mit Immer-noch-Frau und Kind? Wenn doch nur immer das Einfache das Richtige im Leben wäre und Gefühle sich nach der Logik richten würden.

Lorenz war zwar ein wunderbarer Freund. Flavio jedoch ... Flavio hatte ihr Herz in Aufruhr gebracht. Er hatte Facetten. Er hatte zwar Schattenseiten, aber auch enorm viel Lichtvolles. Er war warmherzig, lustig, tieftraurig, kompliziert, verletzlich und doch kraftvoll. Und er war anders. Anders als sie. Und dies nicht nur äußerlich. Was steckte denn wirklich hinter dieser Faszination?

Wenn sie die Augen schloss, sah sie Flavios Lächeln vor sich. Sie sah, wie er die Mundwinkel ganz leicht, fast spöttisch, nach oben verzog, sah das Aufleuchten in seinen schwarzen Augen mit den dunkeln Lidern. Sie spürte, wie ihr Herz flatterte. Doch jäh drängte sich das Bild der wunderschönen Bruna vor diese Vorstellung, und etwas schnürte ihr den Hals zu. Mochte Bruna neben Flavio noch so viele Liebhaber haben - diese Frau würde ihren Mann bestimmt niemals ganz loslassen.

Alessandra schüttelte den Kopf. Sie musste diese Gedanken beiseiteschieben. Heute war heute. Solange es ihr das Schicksal noch gestattete, wollte sie die kostbare Liebe von Flavio genießen.

Da fiel ihr Blick auf den Zettel, den offenbar jemand durch den Türspalt geschoben hatte. Hastig hob sie ihn auf. `Liebste Alessandra, aus unseren heutigen Plänen wird leider nichts, bitte verzeih. Ich muss dringend nach Mailand. Bruna ist am Durchdrehen. Ich rufe dich an, sobald ich mehr weiß. Flavio`.

Was war passiert mit Bruna? Das Summen ihres Handys ließ ihr keine Zeit, über die Botschaft nachzudenken. Flavio? War er bereits in Mailand? Doch die Nachricht stammte von Lorenz: ‚Enrico ist aus dem Koma erwacht und ansprechbar. Wir können ihn noch heute besuchen‘. Bianca hatte ebenfalls geschrieben, fast gleichzeitig: ‚Bist du heute dabei? Ich brauche deine moralische Unterstützung, wenn ich zum ersten Mal das Atelier von deinem Wunderkünstler betrete. Bitte! Zur Belohnung zeige ich dir danach meine zukünftige Wohnung in Parasio‘.

Alessandra seufzte, als ihr Blick zu den ausgedruckten Manuskriptseiten auf ihrem Schreibtisch fiel. Ans Weiterschreiben an ihrem Roman war bei diesem Durcheinander heute nicht zu denken. Und wie es mit Enricos Biografie weitergehen sollte, stand ebenfalls in den Sternen.

‚Lorenz, ich werde dich ins Krankenhaus begleiten. Und Bianca, du musst unbedingt mitkommen. Bevor du ins Atelier gehst, müssen wir wissen, wie Enrico reagiert. In einer Stunde hole ich euch ab beim Hotel Corallo. Ok?‘

Die beiden Ok's kamen fast gleichzeitig.

Alessandra blickte auf die Uhr. Die Zeit würde reichen, um noch schnell zur Mole hinauszuschwimmen. Aber Happy hatte ihre Pläne schon durchschaut und sich ihr mit dermaßen traurigem Blick in den Weg gestellt, dass sie laut herauslachen musste. „Du hast gewonnen. Dann halt zu Fuß." Eine Hunderunde würde sie vermutlich auch auf positivere Gedanken bringen. Happy hielt schon die Leine im Maul und tänzelte begeistert zur Tür

Enricos Prognose

„Starrt mich nicht an wie ein Gespenst! Sehe ich so grauenhaft aus?" Enricos Gesicht zuckte schmerzverzerrt zusammen, als er zu lächeln versuchte.

„Ach Mensch, Enrico! Wir sind fast gestorben vor lauter Sorgen um dich" raunte Lorenz und zog seinen Stuhl näher ans Krankenbett. „Und jetzt liegst du da, mit all diesen schrecklichen Schläuchen, verbunden wie eine Mumie und versuchst schon wieder, Witze zu reißen."

„Da oben ist scheinbar fast alles in Ordnung." Enrico rollte mit den Augäpfeln, um zu seiner Stirn zu deuten. „Aber der Rest ist ein ziemliches Trümmerfeld." Er seufzte tief. „Und erinnern kann ich mich an gar nichts."

Alessandra, die auf der anderen Seite des Bettes stand, legte sachte ihre Hand auf Enricos Unterarm. „Streng dich nicht an, bitte. Du brauchst jetzt deine ganze Kraft, um gesund zu werden. Lass dir Zeit."

Enrico lachte bitter auf. „Du bist gut! Weißt du, wie lange es dauern wird, bis ich wieder malen kann? Wenn dies überhaupt je wieder möglich sein wird. Die Ausstellung können wir vergessen. Verdammt, verdammt." Seine Augen füllten sich mit Tränen.

„Enrico, höre mir gut zu." Lorenz beugte sich nahe über das zerschundene Gesicht. „Laut Arzt müssten wir zwar schon lange wieder gegangen sein und vor allem sicher nicht über die Arbeit mit dir reden. Aber ich weiß, dass deine Gedanken Amok laufen und will dich beruhigen. Für heute nur so viel: Wir werden die

Ausstellung in den Griff bekommen, vertrau mir! Vertrau Alessandra. Und vertrau dieser sympathischen Signora hier." Lorenz winkte Bianca näher ans Krankenbett heran. „Das ist Bianca, eine vielseitig begabte Künstlerin."

Diese nickte Enrico mit ernstem Gesicht zu.

„Sie hat sich bereit erklärt, dich zu unterstützen."

Enrico runzelte fragend die Stirn.

„Also, Folgendes: Ich habe deine Blätter gesichtet. Sie haben großes Potenzial, auch wenn sie gar nichts mehr mit dem gemein haben, was das Publikum von einem Enrico Spina erwartet. Das heißt, ich werde sie ausstellen. Aber ich möchte, dass Bianca einige davon auf große Formate überträgt. So bekäme die Ausstellung Dynamik und Struktur."

Enricos Augen flackerten nervös auf.

„Pst, nichts sagen! Höre einfach ganz entspannt zu. Sobald du dich besser fühlst, wird Bianca dich hier wieder besuchen. Dann könnt ihr in Ruhe alles besprechen. Für heute nur so viel, mein Lieber: Bianca wird keine Konkurrenz für dich sein, sondern einfach deine Mitarbeiterin. Die Werke, die sich für eine Übertragung eignen, die wählst natürlich du aus."

Bianca nickte und streckte Enrico mit entwaffnendem Lächeln ihre Hände entgegen. „Die sind nur das Werkzeug. Und du bist der Chef!", raunte sie leise. Und nach einer langen Pause fragte sie geradeheraus: „Darf ich wiederkommen?"

Enrico schloss erschöpft die Augen. Dann nickte er und murmelte, kaum verständlich: „Es ist so langweilig, das Leben."

„Bedeutete das nun ja oder nein?", rätselte Alex, als sie aus dem Krankenhaus traten.

„Es hieß, dass er sich nicht mehr langweilen will, euer Enrico!", antwortete Bianca mit ernster Miene. „Und da ihm dies mit mir garantiert nicht passieren kann, war es ein klares Ja."

Lorenz legte lachend seinen Arm um sie. „Ach Bianca, du bist wirklich ein Phänomen!" Dann wurde sein Gesicht ernst. „Im November muss die Ausstellung stehen. Acht Monate - das ist verflucht knapp. Und ich komme nicht mehr darum herum, der Fondazione Azzurra Bescheid zu geben. Aber es wird mir sicher etwas einfallen, was die Stiftungsräte bei Laune hält."

Verstohlen schielte Alessandra auf ihr Handy. Flavio hatte sich immer noch nicht gemeldet. Sie versuchte, ihre finsteren Gedanken abzuschütteln und sich einfach nur über Biancas Begeisterung für ihre zukünftige Wohnung zu freuen. „Die vier steilen Treppen sind zwar eine echte Herausforderung, aber die sensationelle Sicht auf die Altstadt entschädigt für alle Mühe."

Bianca tupfte sich den Schweiß von der Stirn. „Wenn du zuoberst bist, trampelt dir wenigstens keiner auf dem Kopf herum", keuchte sie. „Schaut, es ist sogar eine Küche installiert." Sie öffnete eine niedrige, rot gestrichene Holztür: „Ein Monster zwar mit den grünen Schränken und den orangefarbenen Fliesen ..."

„...aber schon fast wieder Kult. Siebziger Jahre", mischte sich Lorenz ein. „Auf früheren Fotos hat mein Vater nur diese Farbkombination getragen. Oranges Hemd, giftgrüne Hose."

„Genau wie meiner!", lachte Bianca. „Allerdings umgekehrt." Dann öffnete sie die schweren Holzläden vor dem

Wohnzimmerfenster und trat auf die riesige Terrasse. Triumphierend hob sie die Arme. „Na, was sagt ihr?"

„Wahnsinn!", rief Alessandra.

Lorenz starrte entgeistert auf die roten Dächer unter ihnen, dann hinüber zum Dom. Eine riesige Möwe zog knapp über ihren Köpfen elegant eine Runde. „Und du bist sicher, dass du diese Wohnung hier kaufen willst?", fragte er schließlich.

„Ja, warum?"

„Weil ich es sonst tun würde. Sie ist einfach grandios."

Alessandra beobachtete amüsiert, wie Lorenz neben Bianca ans Geländer getreten war und ihr zärtlich den Arm um die Schultern legte. Und plötzlich kapierte sie: Lorenz` Begeisterung galt nicht nur der Aussicht. Es hatte ihn also erwischt. „Wäre es ok, wenn ich euch jetzt allein ließe? Ihr habt bestimmt noch einiges zu besprechen. So bekomme ich vielleicht doch noch ein paar vernünftige Zeilen zusammen." Sie hatte schon die Türklinke in der Hand.

„Stopp!", rief Lorenz. „Wir lassen dich nur ziehen, wenn du versprichst, heute Abend mit uns ins Nero zum Essen zu gehen. Wäre acht Uhr ok?"

Alessandra nickte. Im Nero. Dort hatte sie mit Flavio beim ersten Mal gegessen. Vielmehr, dort hatten sie ihr erstes Essen abrupt abbrechen müssen, denn es war etwas dazwischengekommen. Es kam immer etwas dazwischen. Nervös schaute sie aufs Handy. Keine Nachricht von Flavio. Natürlich nicht.

Telefon mit Bruna

Ans Verfassen vernünftiger Zeilen war nicht zu denken. Alessandra schaffte es beim besten Willen nicht, sich auf den Text zu konzentrieren. Da half nur ihr letztes Mittel: Kämpfen gegen die Naturgewalten. Schwimmen!

Doch das Meer hatte ihr heute statt erbittertem Widerstand nur ein paar lammfromme Wellen entgegenzusetzen. Die einzige, die aufgewühlt war, das war sie. Resigniert kehrte sie zurück in die Wohnung. Auch die heiße Dusche vermochte ihre Gedanken nicht zu klären. Ein letztes Mal noch würde sie die Anrufe checken, so schwor sie sich, als sie mit tropfend nassen Händen zum Telefon griff.

Flavio! Ihr Herz tat einen Freudensprung. Er hatte tatsächlich angerufen! Sie hatte sich unnötige Sorgen gemacht. Ab sofort wollte sie ihr ständiges, abstruses Misstrauen abstellen. Diese präventiven Sorgen machten nur überflüssigerweise das Leben schwer. Mit zitternden Fingern drückte sie auf die Rückruftaste.

„Pronto!", meldete sich eine Frauenstimme.

Bruna? Alessandra erschrak. Im Hintergrund hörte sie Gläserklirren und übermütiges Lachen. Sie zögerte.

„Sind Sie das, Signora Janssen? Dann können Sie gleich wieder auflegen. Mein Mann ist beschäftigt und will sich nicht mit Ihnen unterhalten."

„Könnten Sie bitte Flavio ans Telefon holen?" Sie musste die fiesen Worte dieser Frau einfach ignorieren.

„Nein. Das werde ich nicht. Und da mein Mann zu feige ist, um Ihnen die Wahrheit zu sagen, muss ich das für ihn erledigen. Unsere gemeinsame Botschaft lautet: Lassen Sie unsere Familie in Ruhe! Ist das angekommen?" Ohne eine Antwort abzuwarten, legte Bruna auf.

„Ja, ich werde dich in Ruhe lassen, Flavio", flüsterte Alessandra. „Die Botschaft ist angekommen."

„Was ist passiert?", erkundigte sich Lorenz besorgt. Ihm war nicht entgangen, dass Alessandra keinen Bissen herunterbrachte und mit den Tränen kämpfte.

„Lass sie zufrieden!" Bianca stieß ihm mit dem Ellbogen in die Seite. „Alessandra ist nicht wie wir. Sie trägt ihr Herz nicht auf der Zunge. Wenn sie unsere Hilfe braucht, weiß sie ja, dass wir jederzeit für sie da sind."

Das Klingeln des Handys durchbrach die verlegene Stille. „Willst du das Gespräch nicht annehmen?", fragte Bianca.

Alessandra presste ihre Lippen zusammen und schüttelte den Kopf.

„Flavio also!" Bianca seufzte tief. „Ich fasse es nicht! Hals über Kopf ist er nach Mailand gerast. Mutter hat mir erzählt, dass die ach so arme Bruna verlassen worden sei von ihrem Galan. Und natürlich musste der gutmütige Flavio sofort antanzen." Wütend zerhackte sie das Branzinofilet auf ihrem Teller. „Mein Bruder ist ein Idiot!"

Alessandra und Lorenzo schwiegen.

Bianca fischte auch noch das Zitronenstück von Lorenz` Teller und verteilte den Saft großzügig auf ihren Fisch. „Ich weiß schon, dass dies in Ligurien als Sünde gilt. Zitrone auf Fisch zu spritzen, dies erlauben sich angeblich nur Banausen." Sie kaute nachdenklich. „Es könnte natürlich auch sein, dass Bruna meinen Bruder erpresst", fuhr sie übergangslos fort. „Zum Beispiel mit Chiara. Flavio liebt seine Tochter über alles. Für dieses Kind würde er sogar die Rückkehr seiner hysterischen Frau in Kauf nehmen." Sie kostete ein Stück des Branzino und verzog das Gesicht. „Sauer! Männer sind Feiglinge. Wenn die Ex pfeift, dann kehren sie zurück. Immer. Die Ehefrau gewinnt. Und glaubt mir, ich weiß, wovon ich rede."

Alessandra spürte den mitfühlenden Blick von Lorenz. Tröstend legte er seine Hand auf ihren Unterarm. „Hör nicht auf unsere Pessimistin, sondern nur auf dich selbst. Und vielleicht ist ja auch alles ganz anders."

Alessandra arbeitete und schwamm wie besessen. Den Gedanken an Flavio versuchte sie zu verdrängen. Seine Anrufversuche ignorierte sie. Wie hatte sie sich nur so täuschen lassen? Warum hatte sie sich bloß eingebildet, für Flavio mehr als nur eine kurze Affäre zu sein?

„Dass ihr Deutschen stur sein könnt, das war mir bekannt. Aber so stur wie du?" Breitbeinig, mit verschränkten Armen, stand Bianca unter der Tür und musterte den Papierberg auf Alessandras Schreibtisch. „Aber ok, wenn Mohammed nicht will, dann kommt der Berg halt zu Mohammed. Das heißt, es kommt wenigstens die Schwester des Berges. Hier bin ich!" Sie grinste. Dann wurde ihr Gesicht ernst. „Hör zu: Mein Bruder ist ehrlich verzweifelt darüber, dass du nicht reagierst auf seine Anrufe. Und er hat mich gebeten, dir auszurichten, dass er am Montag runterkommt."

„Schön für ihn", antwortete Alessandra lakonisch.

Biancas Augen blitzten zornig auf. Aber sie beherrschte sich. „Alex, bitte: Du siehst grauenhaft aus. Ich hole jetzt für uns zwei Espressi. In der Zwischenzeit trinkst du dieses Wasser, und zwar in einem Zug." Sie streckte ihr eine pinkfarbene Flasche entgegen. „Leeren!"

Als Bianca zurückkam, stand Alessandra im kleinen Vorgarten, die Arme fröstelnd um den schmalen Oberkörper geschlungen. „Kalt", murmelte sie.

Kopfschüttelnd deutete Bianca auf den blauen Himmel und die strahlende Sonne. „Von wegen kalt. Du solltest endlich mal wieder etwas Anständiges essen." Triumphierend legte sie ein mit Goldfolie überzogenes Kartontablett auf den Tisch. Sie deutete auf eines der vielen Gebäckstückchen: „Die pilzförmigen Sünden, die Funghi, die sind am besten. Los, greif hemmungslos zu! Zucker macht glücklich, und Sahne sowieso."

Es schmeckte tatsächlich himmlisch. „Wenn ich dich nicht hätte", seufzte Alessandra, während sie sich die Finger ableckte.

Bianca nickte zufrieden. „Ja, gute Freunde sind nicht zu verachten. Eigentlich sind sie wichtiger als irgendwelche unzuverlässige Liebhaber."

„Heißt das, du bist nicht glücklich mit Lorenz?"

Bianca streckte sich genüsslich. „Lorenz ist kein Liebhaber", lächelte sie dann geheimnisvoll. „Er ist der Richtige. Aber auch wenn ich dir auf ewig dankbar bin für diese Begegnung - deswegen bin ich nicht gekommen."

„Was kann ich für dich tun?"

„Du kannst dich professionell verhalten," antwortete Bianca, die plötzlich streng, ja richtig autoritär wirkte.

„Aha, nun spricht die Immobiliare!", spöttelte Alessandra, verunsichert über diese schroffe Wendung.

„Richtig. Ich hatte eigentlich geglaubt, dass du Privates und Geschäftliches trennen könntest. Und ich hatte angenommen, dass deine Begeisterung für die Villa Bianca echt sei."

„Das stimmt ja auch."

„Bist du dir da sicher, Alex? Dein übertrieben ablehnendes Verhalten gegenüber Flavio spricht nicht besonders dafür. Verletzter Stolz ist das eine, Verzeihen das andere. Meine Verflossenen zum Beispiel sind meistens meine Freunde geblieben. Aber auf jeden Fall keine Feinde."

„Schön für dich! Und was hat das mit der Villa Bianca zu tun?"

Bianca verdrehte ungeduldig die Augen. „Hör auf mit deiner Ironie, bitte. Du weißt genau, wie sehr sich mein Bruder in die Villa Bianca verliebt hat. Und daran bist du nicht ganz unbeteiligt. Du hast kräftig Öl ins Feuer gegossen. Nun setzt Flavio in Mailand Himmel und Hölle in Bewegung, um seinem Ziel näher zu kommen. Und ich habe das Gleiche hier in Imperia getan. Deshalb müssen wir unbedingt wissen, woran wir bei dir sind. Und zwar jetzt."

„Jetzt?"

Bianca nickte. „Ich habe Signora Umberto unzählige Male wegen des Preises bearbeitet. Aber immer biss ich auf Granit. Nun hat sie plötzlich von sich aus angerufen und um einen Termin gebeten. Sie hätte einen interessanten Vorschlag. Wir haben uns auf den nächsten Montag verabredet."

„Gratuliere!"

„Danke." Bianca hob ungeduldig ihre Brauen, zögerte. Dann räusperte sie sich. „Es gibt einen Haken. Die Signora will unbedingt, dass Flavios nette Geschäftspartnerin, die Signora aus Germania, dabei ist. Können wir auf dich zählen, Alex? Ich meine, kannst du deine Gefühle wenigstens bei dieser wichtigen Besprechung wegstecken und Flavio einfach nur freundschaftlich unterstützen?"

Alessandra atmete tief ein. Dann nickte sie. „Wann soll ich da sein?"

Freundschaftlich? Alessandra lachte bitter auf bei dem Gedanken. Natürlich würde sie Bianca das Geschäft nicht verderben. Dass Flavio das Projekt mit der Villa weiterverfolgte, überraschte sie zwar, wo er sich doch jetzt wieder ganz auf das Hotel Nero und seine Familie zu konzentrieren hatte. Aber vielleicht würde Bruna seinen Traum mit dem Boutique Hotel am Meer ja sogar subventionieren, und die Villa Bianca würde zur Dependance des Nero. Oder einfach zum Lustschlösschen.

Das Klingeln des Telefons unterbrach ihre absonderlichen Gedanken. Die vertraute Stimme zauberte ein Strahlen in ihr Gesicht: „Papa, dass du mich mal anrufst!"

Klaas Janssen war kein Freund des Telefonierens. Er redete nicht gern, und wenn doch, dann über Fakten. Und von Angesicht zu Angesicht. So war es auch diesmal.

„Ein Architektentreffen? In Genua. Sag mir einfach, wann ich dich abholen soll! Nein, nein, mein Manuskript kann warten. Du weißt gar nicht, wie ich mich freue." Sie wollte schon auflegen, doch dann hörte sie noch einen Moment zu. „Ich weiß, dass ich von der großartigen Villa geschwärmt habe," murmelte sie endlich. „Natürlich werde ich sie dir zeigen." Nachdenklich legte sie auf. Auch das würde sie hinkriegen. Irgendwie.

Klaas Janssen

Die Parkplatzsuche war dermaßen hoffnungslos, dass Alessandra ihren schwarzen Fiat schließlich in einem finsteren Quartier einfach stehen ließ.

Im Porto antico, dem Touristenhafen von Genua, herrschte am Sonntagvormittag lebhafter Betrieb. Das ozeanografische Museum, das Renzo Piano in Form eines gigantischen Frachtschiffes entworfen hatte, war ein Publikumsmagnet, genauso wie das moderne Gebäude, in das ihr Vater sie bestellt hatte, das Eataly. Nervös versuchte Alessandra, sich durch die überfüllten Spezialitätengeschäfte in den oberen Stock zu den Restaurants durchzukämpfen.

In welcher der nach Lebensmittelsorten gruppierten Abteilung sie ihren Vater finden würde, das war ihr klar. Bestimmt steckte er in dem Sektor für Pasta. Teigwaren, das war das Lieblingsgericht ihres Vaters. Seit sie sich erinnern konnte, ernährte er sich ausschließlich von Nudeln. „Wenn man mit einer Italienerin verheiratet ist, wird man zwangsläufig süchtig nach Ravioli, Spaghetti, Lasagne und Tagliatelle", hatte er sich jeweils entschuldigt, wenn er bei Geschäftsessen ein simples Nudelgericht einem raffinierten Filet vorzog.

Der schlanke große Mann war nicht zu übersehen. Seine graumelierten Haare waren immer noch dicht und sein fein geschnittenes Gesicht hatte kaum Falten. „Ich habe zwar einen schwierigen Mann", pflegte Matilda, ihre Mutter, stets zu sagen. „Aber dafür ist mein Klaas der Schönste."

Alessandra lächelte glücklich, als er sie in die Arme schloss.

„Meine Güte, was bist du dünn geworden!", murmelte er.

„Meine Güte, was habe ich für einen Hunger!", konterte sie. „Ich brauche jetzt dringend einen Teller Gnocchi al pesto alla genovese. Und ein Glas Vermentino."

Eigentlich war Alessandra von Natur eine diskrete, eher verschlossene Frau. Beim Zusammensein mit ihrem Vater aber sprudelten ihre Worte förmlich über. Das war schon immer so gewesen. Klaas Janssen stellte keine Fragen. Es war seine ruhige, aufmerksame Art, zuzuhören, die sie dazu brachten, ihr Herz zu öffnen.

„Da hast du in den wenigen Wochen viel Aufregendes erlebt. Hoffentlich erholt sich dieser Maler wieder. Und auf deine verrückte Freundin bin ich fast noch mehr gespannt als auf die Villa."

Liebevoll legte Klaas Janssen seinen Arm um ihre Schultern, als sie zum Parkplatz gingen. „Ach, meine Kleine, du hättest es nach all dem Schrecklichen echt verdient, wieder glücklich zu sein. Wenn du dich also in diesem Ligurien tatsächlich dermaßen wohlfühlst, dann bleibe in Gottes Namen hier!

Dann, nach einer Weile, fragte er beunruhigt: „In was für einem finsteren Quartier hast du denn deinen Wagen geparkt? Bist du sicher, dass er noch dasteht?"

Alessandra ließ sich nicht anmerken, dass sie ebenfalls verunsichert war. Aber dann entdeckte sie endlich den Fiat, den sie in der engen Gasse halb auf dem Bürgersteig gestellt hatte. „Hier ist er! Unversehrt."

„Schon ein bisschen leichtsinnig bist du, meine Kleine!", grinste der Vater. „Das musst du von deiner Mutter haben."

Für der Fahrt nach Imperia wählte Alessandra statt der Autobahn die Küstenstraße. „Damit du ausgiebig Rivieraluft schnuppern kannst," sagte sie, als sie durch die eleganten Badeorte und an den traumhaften Parks und Villen vorbeifuhren. „Aber jetzt musst du mir unbedingt ein bisschen von eurem Architektursymposium erzählen."

„Alle strömen sie jetzt zu dem legendären Renzo Piano", berichtete er begeistert. „Das Piano-Building ist zum wahren Pilgerort für Architekten geworden. Und sein Ersatzbau für die eingestürzte Morandibrücke ein genialer und vor allem schneller Wurf."

„Da ist die Villa Bianca leider nicht so spektakulär", murmelte Alessandra, als sie die Aurelia verließen. Sie bog in eine schmale Quartierstraße ein und hielt schließlich neben einem goldverzierten hohen Eisenzaun an. „Leider darf ich die Besitzerin nicht aufscheuchen. Aber ein bisschen was kann man auch von hier aus erkennen."

Beide pressten ihre Nasen zwischen die Gitterstäbe.

„Der Park ist ein Traum. Schade, dass man vom Gebäude nur den Turm mit den Zinnen und das oberste Geschoss mit den Doppelbögen ausmachen kann." Klaas Janssen klopfte mit der flachen Hand begeistert gegen die Eisenstäbe. „Hach, was wäre das für eine Aufgabe: Zum Abschluss meiner Karriere für meine Tochter eine Villa an der Riviera umzubauen!"

Alessandra versuchte, das mit dem „für meine Tochter" zu überhören. Dass sie bei einem solchen Umbau nicht mehr beteiligt sein würde, das hatte sie verschwiegen, genauso wie ihre Gefühle für Flavio und dessen enttäuschender Rückzieher. Ihr Lächeln gelang ihr nur halb. „Du wirst deine Karriere noch lange nicht abschließen, glaub mir."

Signora Umbertos Angebot

Bianca hatte Alessandra eine halbe Stunde vor dem Termin mit Signora Umberto in ihr Büro bestellt, zur Vorberatung. Gleich würde sie also Flavio wiedersehen, Alessandra schöpfte tief Luft, bevor sie die Türklinke niederdrückte. Sie würde einfach ruhig und gelassen bleiben.

Flavio war bleich, hatte dunkle Ringe unter den Augen und wirkte geschafft. Mit traurigem Lächeln ging er auf sie zu. Dann streckte er ihr die Hände entgegen. Er hatte doch nicht etwa vor, sie in die Arme zu schließen? Alessandra wich zurück.

„Ich ...", stammelte er unsicher.

„Sorry, Kinder. Das Private müsst ihr leider auf später verschieben," unterbrach Bianca harsch. „Flavio ist auch eben erst gekommen, und wir hatten noch keine Zeit, uns abzusprechen", sagte sie entschuldigend zu Alessandra. „Ich muss dringend auf dem neuesten Stand sein, und zwar bevor Signora Umberto kommt. Vor allem muss ich wissen, ob Du, Flavio, überhaupt noch interessiert bist an der Villa. Und wie es finanziell ausschaut. Nach allem, was ich von Mamma gehört habe ..."

Flavio machte eine unwirsche Handbewegung. „Vergiss das verdammte Geschwätz!" Seine Erschöpfung schien wie ausradiert zu sein, und er wirkte auf einen Schlag geschäftig, ja kühl. „Natürlich will ich die Villa noch. Daran hat sich auch in den letzten Tagen nichts geändert." Er warf Alessandra einen Seitenblick zu, aber sie reagierte nicht. „Und ja, finanziell wird es funktionieren.

Jedenfalls dann, wenn die Signora etwas nachgibt. Und wenn sie mit einer Hypothek einverstanden wäre."

„Hypothek? Dann lehnst du dich aber weit aus dem Fenster", entfuhr es Bianca.

„Stimmt. Aber ab und zu muss man das. Im Leben kommt man nicht immer darum herum." Sein Lachen klang zynisch.

Alessandra wollte etwas einwerfen. Doch sie kam nicht mehr dazu.

Signora Umberto stürmte herein, außer Atem. „Bin ich zu früh?" Sie deutete in die Runde. „Verstehe. Ich dachte mir schon, dass Sie eine Vorrunde machen. Und ich wollte natürlich dabei sein, wenn Sie etwas aushecken."

Bianca schluckte ihre Verblüffung herunter und lächelte honigsüß. Dann schob sie der immer noch keuchenden Frau einen imposanten Polstersessel mit goldenen Bordüren zu.

Eine Art Thron, dachte Alessandra. Passend zu der autoritär wirkenden Dame mit dem schweren Parfum und den blauschimmernden Dauerwellen.

Bianca setzte sich Signora Umberto gegenüber und schaute ihr direkt in die Augen. „Sie haben angekündigt, dass Sie einen Vorschlag hätten? Wir alle sind gespannt."

„Fallen Sie immer mit der Tür ins Haus, Kindchen?" Signora Umberto kicherte. „Das haben sie von ihrem Vater. Der gute alte Sergio war auch immer so direkt. Das war zwar nicht immer zu seinem Vorteil ... aber gut, reden wir nicht darum herum. Ich habe beschlossen, dass Sie die Villa bekommen sollen."

„Das wäre ja gigantisch!", entfuhr es Flavio.

„Wenn nicht der gigantische Preis wäre, ich weiß." Ihre goldenen Plomben blitzten auf, als sie sich mit theatralischem Lächeln zurücklehnte. „Ich habe eine gute und eine schlechte Nachricht. Welche möchten Sie zuerst hören?"

„Die gute!", rief Flavio.

„Okay. Die gute ist: Ich würde mich mit meinen wertvollen Erfahrungen ein bisschen einmischen beim Umbau."

Flavio hob die Brauen. Und die schlechte?

„Die ist, dass ich weniger Geld für meine Villa bekommen werde als ursprünglich geplant."

Flavio und Bianca brachen gleichzeitig in schallendes Gelächter aus. Alessandra war zu verwirrt, um zu reagieren. Sie fühlte sich wie gelähmt.

„Ich werde ganze fünfundzwanzig Prozent von dem Preis nachlassen, den die Experten mir vorgeschlagen hatten. Fünfundzwanzig!", wiederholte sie feierlich.

Neunhunderttausend also, rechnete Alessandra blitzschnell. Wenn man die Notarkosten und die Steuern dazurechnete, war der Preis so immer noch knapp unter einer Million, und so viel war diese Immobilie zweifellos wert. Aber die Umbaukosten … Ihr dröhnte der Schädel.

„Und dies mache ich nicht etwa, weil Sie," sie wandte sich an Flavio, „ein solcher Sympaticone sind, sondern weil Ihre Schwester mich dermaßen raffiniert bearbeitet hat."

„Du hast ...?"

Bianca winkte ab. „Lass die Signora ausreden!"

„Und es gibt noch eine weitere positive Neuigkeit. Ich werde das Geld nicht sofort benötigen; wenigstens nicht den ganzen

Betrag. Ein Drittel davon wird locker ausreichen, um die Stadtwohnung zu kaufen, die Ihre Schwester mir vorgeschlagen hatte. Zum Leben im Alltag brauche ich nicht viel. Alle drei Wochen einen Friseurbesuch, jeden Tag eine Flasche anständigen Rotwein ..."

Flavio tippte etwas in sein Tablet, rechnete konzentriert. Dann sah er auf: „Das würde heißen, dass Sie sechshunderttausend Euro noch eine Zeitlang stehen lassen könnten? Gut verzinst selbstverständlich, als Kredit, bis das Hotel in Mailand verkauft ist. Es wäre natürlich großartig, wenn wir das Ganze nicht über eine Bank abwickeln müssten."

„Bank? Wer braucht heutzutage schon eine Bank?", fauchte sie.

„Ich vertraue Ihnen. Und natürlich habe ich über Ihr Mailänder Schmuckstück Erkundigungen einziehen lassen."

Flavio schmunzelte.

Signora Umberto streckte ihre Hand aus. „Einverstanden?"

Spontan wollte Flavio einschlagen, aber sie deutete auf Alessandra. „Zuerst ihre Freundin! Ihre Geschäftspartnerin," korrigiert sie sich augenzwinkernd.

Alessandra wusste nicht, wie ihr geschah. Aber auf Biancas eindringlichem Blick streckte sie der Frau die Hand hin und lächelte tapfer. Dann konnte sich Flavio nicht mehr zurückhalten. Er sprang auf und schloss die Signora in die Arme. „Sie ahnen ja gar nicht, wie glücklich Sie uns machen!"

Die Alte befreite sich lachend. „Na, na, nicht so stürmisch, junger Mann. Es gibt sicher noch einiges zu besprechen." Dann wandte sie sich an Bianca. „Sie besitzen ja schon alle meine Daten und die Katasterauszüge, sodass Sie relativ schnell einen Vorvertrag vorbereiten können. Als Reuegeld, Caparra, setzen Sie fünfzigtausend Euro ein. Den Notar bestimmen zwar in der Regel die Käufer. Aber hier beginnt schon meine erste Einmischung. Ich möchte gerne zu Notar Rossi. Dessen Vater hat damals schon meine eigenen Verträge gemacht. Eine uralte Familie mit Tradition."

Endlich hatte sich Alessandra gefasst. „Signora Umberto, ich freue mich sehr über Ihr Entgegenkommen. Allerdings hätte ich noch eine Bitte. Dürfte ich heute Nachmittag mit meinem Vater bei Ihrer Villa vorbeikommen? Er ist Architekt und hat sein ganzes Leben lang alte Häuser umgebaut. Darum möchte er sich Ihre schöne Villa unbedingt anschauen. Leider muss er schon morgen wieder zurückfliegen nach Hamburg. Sein Rat wäre uns wichtig."
Sie vermied es, beim Wort `uns` Flavio anzusehen.

„Wenn er nicht alles auf den Kopf stellt, gerne. Sagen wir, nach meinem Mittagsschlaf."

„Um zwei?"

„Um Himmels willen! Um vier Uhr ist früh genug. Vergesst nicht: Ich bin eine alte Frau."

Als die Signora gegangen war, rieb sich Bianca stöhnend die Stirn und ließ sich theatralisch auf den Monstersessel fallen. „Ich kann es immer noch nicht fassen! Nie hätte ich geglaubt, dass die Signora sich auf den Deal einlässt!" Dann sprang sie auf und zog hastig drei Gläser aus dem Sekretär. „Kinder, das muss gefeiert werden!" Schwungvoll schenkte sie den Prosecco ein. „Habt ihr das überhaupt kapiert? Wir haben die Villa!"

Schwimmen

„Schwimmen?", hatte Flavio bloß gefragt.

Und Alex hatte genickt. „Jetzt gleich."

„Ihr seid verrückt! Jetzt? Es ist immer noch Winter! Dann passt wenigstens auf, ihr Dickköpfe!", hatte Bianca ihnen kopfschüttelnd nachgerufen.

Wortlos hatten sie sich in Alessandras Wohnung umgezogen. Jeder in einem separaten Zimmer. Verschämt.

Das Meer warf ihnen beim Einsteigen ein paar heftige Wellen entgegen, aber keiner von beiden zögerte auch nur den geringsten Moment. Der Wind wehte von Osten her, und so kamen sie nur mühsam voran. Alessandra war diese Herausforderung gerade willkommen. Mit kräftigen Armschlägen kämpfte sie sich vorwärts. Wie durch einen Sprühnebel sah sie, dass Flavio zu ihrer rechten Seite schwamm, dicht neben ihr, als wolle er verhindern, dass es sie aus der Bucht trieb.

Als sie erschöpft bei der langen Mole angekommen waren, legten sie sich heftig atmend nebeneinander auf einem der riesigen Felsbrocken. Der Wind hat sich gedreht, war Alessandras erster, klarer Gedanke.

„Beim Zurückschwimmen werden wir leider wieder Gegenwind haben", sagte Flavio.

Wir denken synchron, dachte Alex. Wenigstens beim Schwimmen.

„Darf ich dir nun endlich alles erklären?", fragte er mit heiserer Stimme.

Sie zuckte die Schultern. „Das ist nicht nötig. Ich denke, es ist alles klar. Wollen wir zurück?" Dann kletterte sie, ohne eine Antwort abzuwarten, die Mole hinunter und ließ sich ins Wasser gleiten. Eine kräftige Welle warf sie abrupt zurück gegen die schroffen Felsbrocken. Ein brennender Schmerz durchzuckte sie. Sie musste sich an einer scharfen Kante geschnitten haben. Ausgerechnet jetzt! Wütend stieß sie sich ab von dem verfluchten Felsen.

„Hast du dich verletzt?", hörte sie Flavios besorgte Stimme.

Ja, natürlich bin ich verletzt, hätte sie am liebsten zurückgeschrien. Verletzt in der Seele. Verletzt am Bein. Aber wen interessierte das schon. Der linke Unterschenkel tat höllisch weh. Ungehalten schüttelte sie den Kopf. Dann schwamm sie los, ohne sich umzuschauen.

Flavio hatte es aufgegeben, Alessandra auf ihre Beziehung anzusprechen. Dass sie keine Aussprache wünschte, das hatte sie unmissverständlich demonstriert. Nicht einmal beim Verbinden der stark blutenden Schnittwunde wollte sie sich helfen lassen.

„Ok, du willst keine Erklärung. Das muss ich wohl akzeptieren." Mit verschränkten Armen stand er unter der Eingangstür. „Dann lass uns von etwas anderem reden. Dass Signora Umberto immer noch annimmt, du seist meine Geschäftspartnerin, das ist meine Schuld. Heute Morgen wollte ich sie nicht vor den Kopf stoßen. Aber noch vor dem Notartermin werde ich ihr selbstverständlich erklären, warum sie mit mir allein vorliebnehmen muss. Auch wenn ich dies zutiefst bedaure."

Alex zog die Luft ein. „Dann wäre das ja geklärt."

Flavio ließ sich durch ihre Kälte nicht abschrecken. „So oder so aber danke ich dir, dass du deinen Vater herbestellt hast für das Projekt. Ich habe alles, was ich im Internet über ihn finden konnte, nachgelesen. Klaas Janssen ist wie geschaffen für den Umbau der Villa Bianca, und es wäre eine riesige Ehre, wenn er den Auftrag annähme."

„Da hast du etwas falsch verstanden. Mein Vater ist zufällig hier, und ich wollte ihm einfach nur die Villa zeigen, weil solche Objekte seine Passion sind. Er ist beruflich nicht mehr aktiv. Und hier in Italien würde er sowieso keinen Stein anrühren."

Flavios Kinnmuskeln zuckten nervös. Nun hatte sie ihn also doch noch getroffen. Zornesröte war in sein Gesicht gestiegen. Seine italienische Seele war also beleidigt. „Was hat er gegen Italien? Immerhin haben wir in diesem Land die großartigsten Bauwerke."

Alessandra lachte trocken auf. „Genau. Ich habe ihm gestern Abend von den großartigen Bauabenteuern deines Vaters erzählt."

„Mein Vater sollte besser still sein!", schnaubte Flavio. „Er schildert immer nur die eine Seite der Medaille. Was er sich so alles geleistet hat, darüber schweigt er wohlweislich. Sergio Sposato ist kein Heiliger."

Sie zuckte die Schultern. „Ich mag ihn. Deine Mutter. Die Menagerie ..." Sie seufzte. „Aber jetzt muss ich noch was tun, sorry." Sie deutete auf den Papierberg auf ihrem Tisch.

„Verstehe. Aber bei der Besichtigung heute Nachmittag darf ich doch dabei sein? Um vier?"

Sie nickte. „Um vier."

Er zog die Tür halb hinter sich zu. Doch dann streckte er nochmals den Kopf durch den Spalt.

Ungeduldig hob sie den Kopf.

„Und Alessandra, bitte lagere dein verletztes Bein hoch. Ich hoffe, du hast die Wunde gründlich genug desinfiziert. Denk daran, solche Wunden können sich entzünden."

Sie lächelte verkrampft. „Danke. Aber du kannst dich beruhigen. Mit Wunden kenne ich mich aus.""

Umbaupläne

Klaas Janssen waren die Schwachpunkte an der Villa Bianca nicht entgangen. Das Dach war nicht isoliert, die Fenster undicht, die Wasserleitungen marode. Trotzdem war er begeistert: „Der Preis ist mehr als fair, bei dieser fantastischen Lage. An den Wänden sehe ich keine Risse oder Setzungen. Wenn man die Terrazzoböden aufpoliert, kommen die herrlichen Muster wieder voll zur Geltung. Und falls ihr die alte Substanz des Gebäudes betonen und nicht etwas brutal Ausgekerntes möchtet, wäre die Umwandlung in ein kleineres Hotel zwar nicht billig, aber durchaus möglich."

Er deutete auf den Grundrissplan, in den er mit einem feinen Bleistift bereits neue Zwischenwände und Sanitäranlagen eingezeichnet hatte. „Restaurants gibt es genügend in der Umgebung; das heißt, auf eine aufwändige Hightech-Küche und einen Speisesaal könnte man verzichten. So hättet ihr genügend Volumen für zwölf Zimmer, einen Frühstücksraum und eine Bibliothek. Ein paar der Räume sind jetzt schon perfekt geschnitten. Und den Pavillon könntet Ihr zum eigenen Bewohnen ausbauen oder als Dependance vermieten. Den Park müsste man etwas auslichten, damit der Meerblick wieder offener würde. Das Ganze wäre zwar eine riesige Herausforderung, aber würde auch riesig viel Spaß machen."

„Es ist so schade, dass Sie den Umbauauftrag nicht übernehmen wollen!", seufzte Flavio auf Englisch, als er sich über die Skizzen beugte. „Sie wären der perfekte Mann."

Alessandra verdrehte die Augen. Flavio hatte den Charakter ihres Vaters also durchschaut. Es war klar, was jetzt folgen würde.

„Und warum soll ich den Auftrag nicht übernehmen?", fragte Klaas Janssen prompt. „Bloß weil das Objekt nicht vor meiner Haustür liegt?"

Flavio räusperte sich. „Na ja, ihre Tochter meinte, Sie würden niemals in Italien bauen. Außerdem hätten Sie sich zur Ruhe gesetzt."

„So so, meinte sie", wiederholte Klaas gedehnt. „Dann weiß sie allerdings mehr als ich." Mit spitzbübischem Lächeln wandte er sich an Alessandra. „Du schmeißt mich also zum alten Eisen?"

„Nein, natürlich nicht. Aber ich habe gesehen, wie entsetzt du warst, als ich dir von den italienischen Bauerfahrungen von Flavios Eltern erzählt habe."

„Und du glaubst, solche Sachen kommen nur in Italien vor? Erinnerst du dich nicht mehr an die vielen Steine, ja Felsbrocken, die mir im Laufe meiner Tätigkeit in Hamburg in den Weg gelegt worden sind?" Er schüttelte gespielt entrüstet den Kopf und wandte sich dann an Flavio: „Wenn Sie dies wünschen, Signore Sposato, dann stehe ich selbstverständlich zur Verfügung. Wenigstens die Entwürfe würden mir großen Spaß bereiten. Und für meine geliebte Tochter mache ich diese natürlich umsonst. Mit dem ortsansässigen Baugewerbe und den Behörden müssten dann allerdings Sie sich herumschlagen. Dazu reichen meine Beziehungen und mein Italienisch leider nicht aus, auch wenn Matilda, Alessandras Mutter, eine waschechte Italienerin ist. Mit den entsprechenden Haaren auf den Zähnen", grinste er.

Alex passte diese Entwicklung gar nicht. Ihr Vater betrachtete Flavio und sie offenbar als Paar. Hatte er nicht kapiert, dass sie nur noch pro forma bei dem Projekt dabei war? Natürlich war ihr nicht entgangen, dass Flavio ihrem Vater sympathisch war. Aber musste er sich deswegen gleich mit ihm verbünden, quasi gegen sie?

Klaas legte grinsend einen Arm um die Schulter seiner Tochter: „Noch kannst du dein Veto einlegen, meine Kleine. Sonst hast du deinen alten Vater für die nächsten paar Monate auf dem Buckel. Überleg es dir gut!"

Flavio sah sie flehend an. „Bitte sag ja, Alex. Mir …" er unterbrach sich, „oder wenn nicht mir, dann wenigstens der Villa zuliebe."

„Natürlich sagt Ihre Tochter ja, Signore Janssen." Signora Umberto, die auf der Holzbank unter der großen Pinie scheinbar teilnahmslos döste, hatte das Gesprächs sehr wohl mitbekommen. So konnte sie es sich nicht länger verkneifen, sich einzumischen. „Und sonst erteile ich den Auftrag. Die beiden haben nämlich zugestimmt, dass ich mitreden darf beim Umbau."

Klaas Janssen wirkte plötzlich verunsichert. „Wäre denn in Tat und Wahrheit Signora Umberto meine Auftraggeberin?"

Die Alte antwortete für die beiden Angesprochenen, und zwar in perfektem Englisch. „Nur, wenn die zwei sich nicht einig sind. Dann habe ich," sie stieß mit dem Zeigefinger in die Luft, „...den Stichentscheid."

Nachdenklich saß Alessandra in einem Liegestuhl. Das verletzte Bein schmerzte, obwohl sie es hochgelagert hatte. Trotzdem fühlte sie sich entspannt. Der Besuch in der Villa Bianca, die Euphorie ihres Vaters, all dieses Pläneschmieden, das hatte ihr gutgetan.

Die Liebesgeschichte mit Flavio war zwar vorbei, ja sie war vermutlich nie eine gewesen. Ein One-Night-Stand, gegenseitiges Trösten, mehr war da nicht. Nachdem sie so lange keinem Mann mehr nahegewesen war, hatte sie sich naiverweise Illusionen gemacht. Aber vielleicht konnte Flavio ja trotzdem ein guter Freund werden? Er war begeisterungsfähig und herzlich. Und sie wollte schließlich hierbleiben und natürlich auch unbedingt die Verwandlung der Villa Bianca erleben. Sie musste einfach lernen, nicht mehr an den Tag in Mailand und an diese wunderbare, gemeinsame Nacht zu denken, wenn sie Flavio begegnete. Das musste, verflucht nochmal, doch zu schaffen sein!

Bianca hingegen, die schwebte im siebten Himmel. Alessandra lächelte leise. Es berührte sie schon sehr, dass es zwischen ihrer Freundin und Lorenz gefunkt hatte. Für die schnell entflammbare Bianca musste das zwar nichts Verbindliches bedeuten. Aber für Lorenz?

Auf einer Hunderunde nahm sie ihre Freundin deshalb ins Gebet. „Ich mische mich ja sonst nicht ein bei deinen Liebesabenteuern. Aber diesmal komme ich nicht darum herum, sorry. Bitte, bitte, zieh dich diplomatisch zurück, wenn es dir nicht ernst ist mit Lorenz. Noch wäre es Zeit. Er ist mein ältester und bester Freund. Oberflächlich betrachtet wirkt er vielleicht weltmännisch und souverän. Aber lasse dich nicht täuschen. Er ist extrem verletzlich. So verliebt habe ich ihn noch nie erlebt. Und ich habe bemerkt, wie er dich anschaut."

Übermütig versuchte Bianca, Happy einen Stofffetzen aus der Schnauze zu entwinden. Der kleine Hund knurrte grimmig. „Pass auf!", rief Alessandra warnend, aber Happy hatte im Eifer des Gefechts schon zugeschnappt. Erschreckt rieb Bianca sich ihre rechte Hand.

„Hat er dich verletzt?", erkundigte sich Alessandra besorgt.

„Unsinn! Da müssen schon andere kommen!", wehrte Bianca grinsend ab. Happy war mit seiner Beute blitzschnell abgerauscht. Lea folgte ihm, und die beiden Hunde rangen vorne am Wasser weiter um den Fetzen.

„Deine Sorgen sind überflüssig, glaub mir", durchbrach Bianca schließlich die Stille. „Ich weiß nicht, was für ein Bild du von mir hast. Und ehrlich gesagt hatte ich auch viel zu lange keine Ahnung, was für ein Bild ich von mir selbst habe. Ich stelle nur fest, dass sie nicht mehr stimmen, unsere Bilder." Sie lehnte sich verträumt lächelnd zurück und beobachtete die Wolken. „Lorenz hat alles verändert."

„Es hat dich erwischt!" Alessandra beugte sich vor und betrachtete ihre Freundin gerührt. „Du glaubst gar nicht, wie erleichtert ich bin, dass du Lorenz nicht einfach nur als Intermezzo betrachtest. Und so sind wenigstens zwei von unserem Traumteam glücklich!", schloss sie lakonisch.

„Sei nicht traurig, Alex. Flavio hat dich gar nicht verdient. Du wirst bestimmt auch noch den Richtigen finden", versuchte Bianca, sie aufzuheitern. „Und nur zu deiner Beruhigung: `Tesoro` wird Lorenz mich niemals nennen. Dieser Titel bliebe dir vorbehalten,

hat er gesagt. Mich nennt er kleine Verrückte. Piccola matta!",
lächelte sie. „Und er möchte, dass ich mit ihm nach Hamburg
komme."

„Natürlich kommst du zur Vernissage."

Bianca schüttelte den Kopf. „Nein, für länger". Sie zögerte.
Dann sagte sie, und Stolz schwang mit in ihrer Stimme: „Ehrlich
gesagt für immer."

Alessandra biss sich auf die Lippen. Das ging jetzt doch ein
bisschen sehr schnell. Aber Lorenz hatte schon immer gewusst, was
er wollte. Und Bianca war ja wirklich etwas ganz Besonderes.
„Wow! Gratuliere!" Sie sprang auf und drückte ihre Freundin
gerührt an sich. „Lorenz ist ein wunderbarer Mensch. Ihr werdet
bestimmt glücklich. Aber sag, was hast du jetzt mit der genialen
Altstadtwohnung vor?"

„Wir wollen sie trotzdem kaufen, zusammen. Als
Ferienwohnung, vorläufig. So ganz auf Italien zu verzichten, das
wäre für mich undenkbar. Und vielleicht kommen wir ja eines
Tages für immer zurück nach Ligurien. Lorenz ist dermaßen
verliebt in die Gegend ..."

„Und dein Traum von Venedig?"

„Lorenz meinte, es gäbe in Hamburg sogar viel mehr
Wasserstraßen als in der Serenissima."

Im Atelier

Schneller als erwartet konnte Enrico das Krankenhaus verlassen. Biancas Argumente, dass sie sich um den Maler kümmern könne und dass sich Krankenhausatmosphäre für die Kreativität eines Künstlers verheerend auswirken würde, überzeugten die Ärzte weit weniger als die Tatsache, dass es im Gebäude mit dem Atelier einen Lift gab.

Enrico hatte massiv abgenommen und war noch sehr geschwächt. Aber er hatte sich erstaunlich schnell damit abgefunden, dass er seine mehrfach gebrochenen Beine noch längere Zeit nicht gebrauchen konnte. Geduldig machte er die Übungen, die ihm der Physiotherapeut empfohlen hatte und hatte sich mit dem Rollstuhl arrangiert. Was ihn aber echt zur Verzweiflung brachte, war, dass er den rechten Arm nicht bewegen und somit nicht malen konnte.

„Wie kommst du voran?", fragte Alessandra, als sie Bianca im Caffè Piccardo gegenübersaß.

„Es ist nicht einfach, die verlängerte Hand eines so eigenwilligen Künstlers zu spielen", seufzte Bianca. „Immer wieder gehen die Pferde mit ihm durch, wenn ich seine Gedanken nicht gleich lesen kann oder seine Anweisungen nicht kapiere. Aber wir harmonieren täglich besser und lachen auch oft zusammen. Und bei der Auswahl der Blätter, die ich übertragen muss, sind wir uns fast immer einig. Das macht es mir leichter.

Mit dem Kopieren auf die großformatigen Leinwände komme ich gut zurecht. Wir haben uns auf eine bequeme Dimension geeinigt, die meiner Reichweite entspricht." Bianca streckte die Arme weit aus. „Einen Meter fünfzig erreiche ich so in der Breite und", sie deutete nach oben, „ein Meter neunzig in der Höhe. Das Problem ist, dass Enrico unbedingt noch zusätzliche Blätter schaffen will, weil ihm dauernd etwas Neues, noch Besseres einfällt. Und diese möchte er natürlich selbst kreieren, was er aber rein technisch wegen seines lädierten Armes nicht kann. Dazu kommt, dass wir unter Zeitdruck stehen. Aber ich tue das Menschenmögliche, weil es mich beelendet, seine Verzweiflung mitansehen zu müssen. Denn seine Visionen sind schon genial."

Bianca warf einen nervösen Blick auf die Armbanduhr. „Ich muss noch alle deutschen Zeitungen beschaffen, die zu kriegen sind. Dann schneide ich die schwarz umrandeten Anzeigen aus, und er diktiert mir, wie ich sie kombinieren und mit welchem Text ich sie ergänzen muss. Das Positive daran ist, dass ich so gleichzeitig besser Deutsch lerne. Vorstandsvorsitzender, Raumpflegerin, geduldig ertragenes Leiden ...", radebrechte sie. „Soll ich weitermachen?"

Alessandra lachte schallend. „Lorenz ist sicher begeistert von deinem neuen Wortschatz! Was treibt er eigentlich noch in Hamburg?"

„Er hat sich entschieden, alle Betroffenen aufzuklären über Enricos Situation. Denn der wird sicher noch ein Jahr lang nicht malen können, sondern hauptsächlich mit Physiotherapie beschäftigt sein. Auch im Katalog wird Lorenz Enricos hoffentlich vorübergehende Behinderung nicht verschweigen. Gestern hat er dazu bereits einen Fotografen ins Atelier geschickt. Bei der Fotosession bestand der Typ darauf, dass ich vor Enricos Rollstuhl kauere und quasi als Assistentin demütig zu ihm hochsehe."

„Wie bitte?", entfuhr es Alessandra. „Darauf hast du dich hoffentlich nicht eingelassen!"

Bianca lächelte. „Ach lass. Für mich war es so in Ordnung. Schließlich ist Enrico der Künstler und nicht ich." Sie räusperte sich. „Lorenz war allerdings nicht begeistert, als er die Fotos gesehen hat. Nun hat er mich gebeten, ein paar von meinen Keramiken in einer Vitrine zu präsentieren bei der Vernissage. Er meinte, so würde ich wenigstens in meinem ursprünglichen Gebiet als Originalkünstlerin zur Geltung kommen."

Hastig erhob sie sich. „Ich muss, sorry. Aber beinahe hätte ich das Wichtigste vergessen: Enrico möchte, dass du vorbeikommst. Er will mit dir über das Konzept seiner neuen Werkreihe diskutieren. Ich soll dir ausrichten", sie schnitt eine feierliche Grimasse, „er lege enormen Wert auf deine kompetente Meinung."

Alessandra staunte. „Das hat er gesagt?"

Bianca nickte grinsend: „Eigentlich ist dein Ungeheuer von damals richtig menschlich geworden."

Vorsichtig lehnte sich Alessandra über die niedrige Fensterbrüstung und starrte hinunter auf den belebten Platz. „Hier ist es also passiert?"

Enrico hockte zusammengekauert in seinem Rollstuhl hinter ihr. „Schon verrückt, nicht wahr?" Bitterkeit lag in seiner Stimme. „Eigentlich sind es nur zwei Stockwerke. Aber schau dir diesen

Totalschaden an." Mit der Kinnspitze deutete er auf die verbundenen Beine und auf den externen Fixateur, dessen Metallstangen aus seinem Arm ragten. „Trümmerbrüche, soweit das Auge reicht. Die Chirurgen mussten mich quasi neu zusammensetzen. Und alles nur wegen dieses idiotischen Unfalls."

„Es gibt keine klugen Unfälle, Enrico. Aber immerhin scheint deine Kreativität noch ganz gut zu funktionieren. Gott sei Dank. Und dein Kopf ist offenbar fast wieder heil."

„Der ist heiler als je", grinste Enrico. „Die Depression hat sich auf jeden Fall verzogen. Vielleicht sollte ich mich öfters aus dem Fenster stürzen."

Alessandra erschrak. „Sag jetzt nicht, du seist absichtlich gesprungen!"

Enrico schüttelte unwillig den Kopf. „Ich wiederhole es gerne zum tausendsten Mal: Ich kann mich an nichts erinnern! Dem Versicherungsexperten habe ich erklärt, dass ich ein gestürzter Engel sei. Der Mann hat erstaunlich clever reagiert und mich gefragt, welche Sünden ich denn begangen hätte: Stolz, Größenwahn oder Respektlosigkeit."

„Die typischen Künstlereigenschaften!" Alessandra lachte laut heraus. „Ach Enrico, was bin ich froh, dass du wieder Witze reißen kannst." Dann wurde sie ernst: „Bezahlt denn die Versicherung überhaupt?"

Er verzog die Mundwinkel. „Das wird schwierig. Haftbar wären eigentlich die Eigentümer des Ateliers, weil die Fensterbrüstung zu niedrig ist. Aber leider besitzen die keine Haftpflichtversicherung. Deren Anwalt reitet nun dummerweise auf der Aussage der Ärzte herum, dass ich Alkohol im Blut gehabt hätte."

„Das ist schlecht." Alessandra sah ihn besorgt an: „Ich hatte ehrlich gesagt angenommen, du würdest gar nichts mehr trinken."

Enrico lachte trocken auf. „Ich auch. Aber wenn dich das Gefühl überkommt, dass deine ganze Arbeit, ja sogar dein ganzes Leben sinnlos sei, was tust du dann? Doch lassen wir das.

Heute sieht glücklicherweise alles wieder anders aus. Trotz meines Handicaps fühle ich mich motiviert. Zu einem großen Teil ist dies der Verdienst deiner kleinen Freundin. Bianca ist ein richtiger Aufsteller. Ungeachtet unserer Sprachschwierigkeiten kapiert sie sofort, was ich meine. In einer entzückend unverdorbenen Art ist sie zudem äußerst kreativ. Manchmal," er beugte sich vor und redete im Flüsterton weiter, „kann sogar ich als alter Profi noch was lernen von ihr. Aber verrate ihr das bitte nicht!" Er zwinkerte verschwörerisch. „Ein Jammer, dass mein eigener Galerist sie mir weggeschnappt hat. Eigentlich hätte sie sehr viel besser zu mir gepasst. Wir hätten eine tolle Karriere als Duo machen können. Und dies nicht nur in der Malerei."

„Alter Schwerenöter!" Alessandra seufzte theatralisch. „Aber ich bin erleichtert, dass du nach allem so positiv und motiviert wirkst." Dann wurde ihr Gesicht ernst. „Die Arbeit an deiner Biografie war bisher eine echte Herausforderung. Ich bin zwar dank der Unterlagen von Lorenz einigermaßen vorangekommen, aber bis jetzt fehlte mir der berühmte rote Faden."

Enrico deutete grinsend auf seinen verbundenen Kopf. „Den habe ich dir ja jetzt geliefert. Oder läuft etwa kein Blut mehr über mein Gesicht?"

„Das ist nicht lustig, bitte! Mir fehlen einfach noch ein paar ernsthafte Gespräche mit dir. Wirst du denn in den nächsten Wochen dazu in der Lage sein?"

„Da oben scheint alles intakt zu sein", antwortete er und wurde plötzlich ernst. „Gott sei Dank!"

Alessandra nickte. „Du ahnst nicht, wie erleichtert ich bin, dass es weitergeht mit deiner Kunst. Zwar nicht so, wie erwartet. Aber es scheint, trotz deines fürchterlichen Unfalls, voranzugehen. Magst du noch eine Frage beantworten?"

Er versuchte ein Lächeln. „Hunderte."

„Eine reicht für den Moment. Ich muss nur wissen, ob du deinem Thema Todesanzeigen trotz allem treu bleiben willst?"

„Sicher. Je mehr ich mich darauf einlasse, desto mehr fasziniert mich, dass so ein langes, vielschichtiges Menschenleben am Ende auf drei Begriffe zusammengefasst wird: Name, Beruf und erreichtes Alter. Und bei allen dreien gibt es nichts zu rütteln, denn sie machen dich aus. Spätestens wenn du stirbst, ist auch der letzte Begriff definitiv."

Alessandra schaute ihn nachdenklich an. „Aber ich bin doch nicht einfach nur Journalistin. Ich bin doch auch Tochter, Freundin, Schwimmerin, Reisende, Zweiflerin."

„Richtig. Aber diese Bezeichnungen dürfen höchstens Hintergrundmusik bleiben." Enrico deutete auf die unfertige, große Leinwand, die an der Wand lehnte. In riesigen, weißen Lettern stand da auf türkisfarbenem Hintergrund: Klaus Hungerbühler, Schriftsetzer, 79. Und in einem ausgesparten, gelben Feld in Dunkelblau: Frieda Kluge, Lokomotivführerin, 44. In einer zarten, beinahe transparenten hellgelben Schrift standen noch weitere, nur knapp entzifferbare Begriffe: Geliebte, Großvater, Träumer, Wanderin, Kletterer.

„Vielleicht haben die beiden sich ja mal getroffen. Er ist in ihrem Zug mitgefahren. Sie hat eine Zeitung gelesen, die er gedruckt hat", rätselte sie.

Enrico lächelte zufrieden. „Oder sie sind sich bei einer Wanderung leibhaftig begegnet. Verstehst du jetzt, warum ich nicht genug bekommen kann von diesen Kombinationen?"

„Sie verleiten den Betrachter dazu, über fremde Schicksale zu spekulieren. Alles scheint möglich zu sein", sinnierte Alessandra. „Verbindungen, Zufälle ..." Sie machte eine lange Pause. „Enrico Spina, der bekannte Expressionist, hat sich in einen Philosophen verwandelt. Ist es das, was ich in deiner Biografie als Fazit über dich und deine Kunst schreiben soll?"

Er zuckte die Schultern und grinste: „Du könntest deinen Text auch abkürzen und meinen Bildern anpassen. `Heinrich Dorn oder Enrico Spina. Maler. 56`."

„56? Sei nicht makaber", wehrte sie heftig ab. „Du lebst schließlich noch! Gott sei Dank!"

Enrico versetzte seinem Rollstuhl mit der intakten Linken einen übermütigen Stoß, so dass dieser sich im Kreis drehte. „Du meinst also, ich muss mich noch ein Weilchen gedulden, bis mein Name auf einem meiner Bilder landet?"

Alessandra schaute ihn eindringlich an. „Nicht ein Weilchen, mein Lieber. Sondern noch sehr, sehr lange."

Beim Notar

Angespannt saßen sie alle im Wartezimmer des Notars und ließen ihre Blicke über ein üppiges Seidenblumengesteck auf die zahlreichen Ahnenbilder schweifen. Alessandra, Bianca, Flavio, Lorenz, die Verkäuferin von Biancas Altstadtwohnung und natürlich Signora Umberto.

„Ich vermute, das hat vor mir noch keine Immobiliare fertiggebracht: Drei Eigentumsübertragungen an einem einzigen Nachmittag!", unterbrach Bianca schließlich die Stille. Stolz schwang mit in ihrer Stimme.

„Aber meine werden zuerst behandelt!" Signora Umberto deutete nervös auf ihre winzige, diamantenbesetzte Uhr.

„Ihr Mittagsschlaf soll auch uns heilig sein," lächelte Flavio. „Keine Sorge, Sie kommen zuerst dran. Ich habe den Notar bereits instruiert."

„Das hoffe ich", knurrte Signora Umberto. „Und die Schecks?"

„Die sind alle hier drin." Flavio klopfte auf seine Aktentasche. „Genauso aufgeteilt, wie Sie es gewünscht hatten. Einen über zweihunderttausend Euro, den Sie bei der zweiten Übertragung gleich an den Verkäufer Ihrer neuen Wohnung weitergeben können. Den anderen über einhunderttausend für Ihren Friseur, Ihren anständigen Wein und was Ihr Herz sonst noch begehrt." Er lächelte. „Und hier drin steckt natürlich auch die Schuldanerkennung für Ihr großzügiges Darlehen, mit Siegel und Unterschrift meines Mailänder Notars. Als Garantie ist mein Anteil am Hotel Nero aufgeführt. Sie brauchen sich also keine Sorgen zu machen."

„Und wo bleibt der Verkäufer meiner zukünftigen Wohnung? Ich will schließlich zum Schluss nicht obdachlos dastehen."

Bianca verdrehte die Augen. „Das ist ein Ligurer. Die nehmen es mit der Pünktlichkeit nicht so genau. Das ist ihnen ja bestimmt bekannt. Aber er wird schon kommen."

Der wäre schön blöd, wenn nicht, dachte Alessandra. Nachdem dieser Gauner nun doch noch beinahe den vollen Preis für seine Hochhauswohnung bekommt.

Endlich öffnete der Notar die Tür und bat die kleine Gesellschaft hinein ins Besprechungszimmer.

„Wahnsinn!", entfuhr es Alessandra, als sie die unzähligen Gemälde bemerkte, die die Wände vollständig tapezierten. An der Decke schwebten zahlreiche Vögel. Schwalben, vermutete sie. Sie setzten sich an den langen Glastisch und der Notar deutete lächelnd auf Bianca, die er von früheren Verträgen bestens kannte. „Los, sagen Sie es ruhig!"

„Na ja, jetzt kommt der übliche Spruch. Früher hätten die Notare keine Glastische gehabt," grinste Bianca. „Da hätte man das Schwarzgeld noch unter dem Tisch durchschieben können. Heute ist natürlich alles offiziell und sauber."

Signora Umberto ließ ein trockenes Husten hören. „Amen", murmelte sie vieldeutig.

Der Notar klopfte auf die Papierstapel, der vor ihm ausgebreitet waren und räusperte sich vielsagend. Es konnte also losgehen. Er kontrollierte alle Ausweise, den Schuldschein, ließ die Schecks kopieren und las dann mit monotoner Stimme Seite um Seite des ersten, komplizierten Schriftstücks vor. Schließlich schob er den Vertrag hinüber zu Signora Umberto. Mit zitternder Hand unterzeichnete sie Seite um Seite, schob das Dokument danach Fabio zu und putzte sich ausgiebig die Nase.

Sie hatte doch nicht etwa geweint? Flavio hatte ihre Rührung ebenfalls bemerkt und legte ihr, nachdem er fertig unterschrieben hatte, tröstend die Hand auf den Rücken. „Seien Sie nicht traurig, Signora. Sie wissen doch, dass die Tür der Villa Bianca immer für Sie offenstehen wird. Und wir werden Ihr wunderschönes Haus mit Respekt behandeln."

Der Verkäufer von Signora Umbertos zukünftiger Hochhauswohnung war immer noch nicht aufgetaucht. Bianca schritt nervös hin und her, während sie telefonierte. „Er ist auf dem Weg!", versuchte sie dann, die aufgeregte Signora zu beruhigen. Und zum Notar gewandt: „Vielleicht sollten wir den Vertrag für meine Wohnung in Parasio vorziehen? Die Verkäuferin weilt schon im Wartezimmer. Und die Bevollmächtigte meines Freundes, Lorenz Tillmann, Signora Janssen, sitzt ja bereits hier am Tisch."

Nach nur vierzig Minuten waren Bianca und der abwesende Lorenz stolze Eigentümer der genialen Wohnung in der Altstadt. Flavio hatte die Unterzeichnung mit dem Handy fotografiert, und die strahlende Bianca benutzte die Pause vor dem dritten Vertrag, um Lorenz die Fotos zu übermitteln. „Lorenz hat schon zurückgeschrieben. Eigentlich haben wir ja nur eine Terrasse gekauft, las sie vor. Aber die schönste Terrasse der Welt. Ich liebe ..." Errötend brach sie ab und Flavio fuhr seiner Schwester gerührt durchs strubbelige Haar. „Ich gratuliere euch von Herzen!"

In diesem Moment platzte ein älterer Herr ins Büro, ohne anzuklopfen. Atemlos ließ er sich auf den letzten leeren Sessel fallen. Dann grüßte er mit einem symbolischen Schlag an seiner Mütze in die Runde. Der Notar schüttelte missbilligend den Kopf, und Signora Umberto schimpfte entrüstet: „Signore Saffi, wir warten seit über einer Stunde!"

Der Angesprochene ignorierte den Vorwurf und fischte ächzend einen Ausweis aus der Gesäßtasche. „Wozu brauchen Sie dies hier überhaupt?", fragte er den Notar, dem er das zerknüllte Dokument auf den Tisch warf. „Sie kennen mich doch seit Jahren persönlich. Extra wegen dieses Wischs musste ich nochmals zurück."

Bianca rollte genervt die Augen. „Ich hatte Ihnen klare Instruktionen gegeben, Signore. Aber offenbar haben Sie es sowieso nicht so mit der Genauigkeit. Ich hoffe nur, dass Sie wenigstens dieses Mal nicht wieder im letzten Moment am Preis herumschrauben."

Alessandra zog amüsiert die Brauen hoch. Sie hatte geahnt, dass es sich ihre Freundin nicht nehmen lassen würde, den Alten ein bisschen zu piesacken. Aber der wirkte nicht im Geringsten geknickt, sondern wandte sich an die irritierte Signora Umberto. „Hören Sie nicht auf das junge Volk! Unsere Vereinbarung gilt. Ich bin ein Ehrenmann!"

Bianca biss sich auf die Lippen. Trotzdem war ihr Seufzen deutlich zu vernehmen.

Signore Saffi ließ sich nicht irritieren: „Und ich habe sogar eine Überraschung für Sie", fuhr er mit feierlicher Stimme fort. „Ich werde Ihnen mein kostbares Piano überlassen. Und zwar gratis."

Bianca lachte trocken auf. „Wie großzügig! Vermutlich ist es zu kompliziert, das Monstrum aus dem achten Stock herunterzubewegen." Dann wandte sie sich an die Signora: „Sie wissen hoffentlich, dass Sie sich darauf nicht einlassen müssen!"

Signora Umberto schaute sie strafend an: „Danke. In der Regel weiß ich mich zu wehren, Signora Sposato. Aber ich werde den Teufel tun, Signore Saffis Geschenk abzulehnen. Im Gegenteil. Irgendwie muss ich schließlich in Zukunft meine Zeit ausfüllen, wenn ich schon den Park nicht mehr zu pflegen habe. So ein Piano kommt mir sehr gelegen." Sie wandte sich an den Notar, der genervt mit den Fingern auf den Glastisch trommelte. „Sie können mir sicher einen guten Klavierstimmer empfehlen? Und vielleicht auch einen geduldigen Lehrer? Sie kennen doch alle und alles hier in der Stadt."

Der Notar nickte, charmant lächelnd. „Aber lassen Sie uns jetzt bitte erst den Vertrag durchlesen und unterzeichnen. Danach fällt mir bestimmt jemand ein.

„Ich bin fix und fertig!", stöhnte Bianca, als sie endlich wieder auf der Straße standen. „Können wir das Feiern auf den Abend verschieben? Ich musste mich dermaßen auf die vielen Dokumente konzentrieren, dass mir wirklich der Kopf brummt."

Signora Umberto klopfte ihr anerkennend auf den Unterarm. „Das soll Ihnen Ihr Vater mal nachmachen, Kind. Gleich drei Verträge auf einen Schlag. Alle Achtung! Und sehen Sie sich um.

Alle sind glücklich!" Dann kramte sie aus ihrer Handtasche einen schweren Umschlag heraus und überreichte ihn Flavio. „Fürs Erste werden Sie vermutlich mit zwei Sets der Hauptschlüssel auskommen. Bis zu meinem Umzug in einem Monat muss ich Ihnen in der Villa ja leider noch ein bisschen im Weg stehen. Aber ich denke, wir werden uns vertragen." Dann wandte sie sich an Signore Saffi, der ihr doch tatsächlich in ritterlicher Art seinen Arm bot. „Und jetzt müssen Sie mir mein Piano zeigen! Ich bin gespannt."

Kopfschüttelnd sah Alessandra dem seltsamen Paar nach. „Deine Nerven möchte ich haben!", sagte sie schließlich anerkennend zu Bianca. „Aber jetzt lass dich umarmen! Hey, du bist soeben Eigentümerin der schönsten Altstadtwohnung von Imperia geworden! Ist diese Tatsache überhaupt da oben angekommen?" Liebevoll klopfte sie auf Biancas Stirn. Dann bemerkte sie die Tränen auf Biancas Wangen. „Sag bloß, du seist nicht glücklich!", fragte sie besorgt.

„Doch!", schniefte Bianca. „Aber es ist plötzlich so vieles passiert. Als hätte jemand in einem verstopften Becken den Stöpsel herausgezogen und alles Negative sei weggerauscht. Ich darf wieder eintauchen in mein Lebensthema, die Kunst. Und ich habe endlich den Mann gefunden, der mich verdient."

Alessandra musste laut herauslachen ob dieser skurrilen Formulierung. Aber eigentlich hatte Bianca recht. Nur der allerbeste Mann verdiente eine Frau wie ihre Freundin.

„Im Grunde genommen habe ich alles dir zu verdanken!", hörte sie Bianca sagen. „Seit du hier bist, hat sich alles in meinem Leben auf den Kopf gestellt."

„Schwesterchen, darf ich dir auch noch gratulieren?", mischte sich nun Flavio ein, der die Szene gerührt beobachtet hatte. „Zu deiner Traumwohnung, zu deiner großen Liebe und zu deiner Rückkehr zur Kunst. Auch wenn es, professionell gesehen, ein Jammer ist, dass du dem Immobilienmarkt den Rücken zuwendest. Denn was du heute gemanagt hast, das kann man echt nicht mehr toppen. Aber vermutlich soll man tatsächlich auf dem Gipfel des Erfolges aufhören." Er küsste sie auf die Stirn und wischte ihr dann mit dem Daumen die Tränen ab. „Und jetzt würde ich vorschlagen, dass du dich nach all dem Stress endlich einmal ausruhst und tief durchatmest." Er lächelte schelmisch und fügte dann hinzu: „Natürlich erst, wenn du deinen Pflichtanruf erledigt hast. Und grüß ihn von uns, deinen Lorenz!"

„Und was ist mit euch?", rief ihnen Bianca hinterher, als Alessandra und Flavio nebeneinander die Via Cascione hinuntergingen. „Euch muss man schließlich auch gratulieren."

Die Aussprache

„Ja, was ist mit uns", nahm Flavio den Faden auf.

Alessandra schien seine Frage nicht gehört zu haben. „Ich gratuliere dir", antwortete sie stattdessen ausweichend. „Die Villa Bianca ist wirklich ein wahrgewordener Traum."

„Ich hoffe, nicht nur meiner!" Flavios Stimme klang belegt. Stumm und ratlos gingen sie nebeneinander her. „Alex, ich habe eine große Bitte," durchbrach er endlich das Schweigen. „Kannst du mir dabei helfen, diesen Tag irgendwie stimmig abzuschließen? Schließlich kaufe ich nicht jeden Tag eine Villa." Er klopfte angestrengt lächelnd auf den Umschlag, den ihm Signora Umberto überreicht hatte, und die Schlüssel klirrten metallisch. „Würdest du mich bitte zur Villa Bianca begleiten?"

„Ich kann Happy aber nicht noch länger allein lassen."

„Der kommt selbstverständlich mit! Die Signora ist noch bis am Abend beschäftigt und hat eine Flasche Champagner kalt gestellt für uns." Abrupt blieb er stehen und sah sie eindringlich an. „Alex, bitte: „Ich will die Tür zu dieser Villa nicht allein öffnen. Wenigstens nicht heute!"

Alessandra begegnete offen seinem Blick. Dann nickte sie langsam.

Der schwere Holztisch war übersät von Piniennadeln. Flavio wischte sie nur so weit weg, dass die beiden Champagnergläser sicher standen. Happy wühlte begeistert bellend in einem

Kieshaufen. Alessandra zerdrückte eine der Piniennadeln zwischen den Fingern und schnupperte mit geschlossenen Augen. „Herrlich. Ich glaube, ich bin nur wegen dieser mediterranen Düfte hiergeblieben. Die Speisen, die Gärten, die Parks ... ein einziger, wunderbarer Geruch."

Flavio reichte ihr ein Glas und wollte etwas sagen.

„Auf die Villa Bianca!", kam ihm Alessandra zuvor. Sie lehnte den Kopf zurück und deutete auf den Turm. „Ich kann mir schon vorstellen, wie es hier aussehen wird in ein paar Monaten. Ein wahrgewordener Traum. Mein Vater hat mir ein paar interessante Entwürfe geschickt. Ich habe sie dabei." Nervös wühlte sie in den Dokumenten in ihrer Tasche.

„Lass es gut sein. Morgen ist auch noch ein Tag." Flavio setzte sich ihr gegenüber und ließ nachdenklich sein Glas zwischen den Fingern kreisen. Schließlich hob er den Kopf. „Wirst du mir jetzt zuhören?"

Sie zuckte die Achseln.

„Ich will nicht um den Brei herumreden, Alex," begann er und sah ihr ernst in die Augen. „Zuerst einmal das Allerwichtigste: Ich liebe dich. Und glaube mir, ich habe dich nie verraten." Er nahm ihre Rechte in seine Hände und sah sie eindringlich an.

Sie wich seinem Blick aus, aber ihr Herz klopfte bis zum Hals. „Weiter" sagt sie heiser.

„Ich bin so überstürzt hochgefahren nach Mailand, weil mich die Hotelgouvernante alarmiert hatte. Sie berichtete, dass Bruna völlig hysterisch sei und sich weigere, sich um Chiara zu kümmern. Brunas Lover, der ja fatalerweise auch unser neuer Rezeptionist ist, hätte sich abgesetzt. Nachdem Bruna festgestellt hatte, dass Carlo

Mela eine Geliebte hat, muss sie offenbar eine riesige Szene gemacht haben. Danach war sie fix und fertig und kaum mehr ansprechbar."

Immerhin war sie nicht fertig genug, um dein Handy an sich zu nehmen, und um mir zu befehlen, deine Familie in Ruhe zu lassen, dachte Alex. Aber sie biss sich auf die Lippen und wartete.

„Provisorisch konnte ich Chiara bei Brunas Eltern unterbringen. Aber nun, da ich vorwiegend hier sein werde, möchte ich meine Tochter hierherbringen. Fürs Erste kann sie bei meinen Eltern wohnen. Sie freut sich schon; vor allem natürlich auf den Zoo."

„Dann wird zu der Menagerie vermutlich auch noch ein Pferd dazukommen? Deine Mutter wird begeistert sein." Alessandra hatte ihre Stimme, ja sogar ein Lächeln wiedergefunden. „Und wie soll es nun mit dem Hotel Nero weitergehen? Mit Bruna?"

Flavio nahm einen kräftigen Schluck. Dann wischte er sich müde mit der Hand über das Gesicht. „Dreimal darfst du raten. Carlo Mela ist zurück, und Bruna hat ihm selbstverständlich verziehen. Viel Lärm um nichts, wie man so schön sagt."

Wie schön, dachte sie bitter. Carlo ist wieder bei Bruna. Und du darum wieder bei mir. Wie sich das alles ach so prächtig fügt.

«Ich weiß, was du denkst!», sagte Flavio. „Doch so ist es nicht. Ich hatte mit Bruna abgeschlossen, als ich mich in dich verliebte."

„Hatte," wiederholte sie spöttisch und entzog ihm ihre Hand.

„Hatte und habe. Alessandra, bedenke bitte: Bruna ist die Mutter meiner Tochter. Mein Interesse gilt allein Chiara. Glaube mir; da ist nichts mehr. Ich freue mich einfach darauf, meinem Kind wieder nahe zu sein. Chiara ist ein wunderbares, sonniges Persönchen. Du wirst sie mögen. Davon bin ich überzeugt."

Alessandras Miene erhellte sich kurz und sie nickte lächelnd. „Ich freue mich für dich." Dann wurde sie wieder ernst: „Aber ist Bruna tatsächlich damit einverstanden, dass Chiara bei dir bleiben wird, für immer?"

Er nickte. „Eine fanatische Mutter war sie nie. Und ihr Freund kann mit Kindern nichts anfangen. Ihr neues, gemeinsames Kind werde das Hotel Nero sein, hat sie mir erklärt. Und es war nicht mal so viel Ironie dabei." Er schüttelte den Kopf.

„Das heißt, sie und Carlo Mela werden das Hotel allein übernehmen? Ist das denn für dich akzeptabel?"

„Ja. Ganz ehrlich! Es wäre eine riesige Befreiung für mich, damit ich mich auf unsere neuen Ziele konzentrieren kann." Er machte eine Kunstpause, um zu prüfen, wie das `unsere Ziele` bei Alessandra angekommen war. Aber ihr Gesicht verriet keine Regung. Also fuhr er fort: „Carlo Mela will meine Hälfte übernehmen und hat mir bereits ein Angebot unterbreitet. Mein Anteil ist rund eine Million wert. Etwas davon hat er mir schon überwiesen, nämlich den Betrag, den ich heute als erstes Drittel an die Villa Bianca bezahlt habe. Mit dem Rest muss ich mich noch etwas gedulden. Signora Umberto hat mir, wie du weißt, versichert, dass sie warten kann. Falls sie einen Rückzieher macht, nehme ich einen Kredit auf."

„Einen Kredit der Familie Janssen, ich weiß", sagte Alessandra kühl.

Flavio starrte sie verständnislos an. „Wie meinst du das?"

Sie schüttelte ungeduldig den Kopf. „Flavio, beruhige dich. Es ist ok. Aber lass bitte die Heuchelei! Mein Vater hat mir schon längst verraten, dass er den Umbau mitfinanzieren will."

Flavio wurde kreidebleich. „So also denkst du von mir? Dass ich mich bei euch eingeschlichen habe?"

Sie zuckte die Schultern.

„Alex, glaub mir, davon höre ich jetzt zum ersten Mal. Ich schwöre es. Ruf deinen Vater an und frage ihn doch, ob er mir ein Sterbenswörtchen von so einem Plan verraten hat!", rief er beleidigt.

Alessandra machte eine wegwerfende Handbewegung. „Ist doch in Ordnung. Solange mein Vater lebt, soll er frei über sein Vermögen verfügen können. Vermutlich denkt er, dass er mir einen Gefallen erweise. Dass wir ein Paar seien."

Flavio schluckte leer. „Alex, ob wir nun ein Paar sein werden oder nicht: Ich will euer Geld nicht, glaube mir. Es ist gut gemeint von deinem Vater, doch ich schaffe das allein. Es wird zwar noch eine Weile dauern, bis Carlo mir meinen Anteil vollständig überweist. Aber ich vertraue darauf. Sonst säßen wir heute nicht hier. Und renoviert wird nur soweit, wie meine eigenen Mittel reichen. Selbst wenn es Jahre dauert." Er schien außer sich zu sein.

Alessandra spürte plötzlich eine große Müdigkeit. War sie zu weit gegangen mit ihren Unterstellungen? Mit ihrem Misstrauen? Sie rieb sich über die geschlossenen Augen.

„Alex, was ist los mit dir?", hörte sie von wie durch Watte Flavios Stimme. Alles schien sich zu drehen. Sie merkte, wie er sie am Arm packte und von der Bank hochzog. „Tief durchatmen," hörte sie ihn befehlen. Sie gehorchte benommen, während er auf sie einredete.

„Es ist alles gut!", murmelte sie, als sie spürte, wie er sie in die Arme schloss. „Nicht mehr reden!"

Sie roch eine Mischung von Tabak und Mimose. Küsste er sie jetzt? Plötzlich war sie hellwach. Ja. Flavio küsste sie. Und es war wie das letzte Mal. Nein, eigentlich noch viel besser. „Ich habe auch eine Bitte", flüsterte sie zwischen den Küssen und zeigte nach oben. „Zeigst du mir nochmals dein wunderschönes Turmzimmer?"

„Es ist nicht mein Turmzimmer, Alex. Es ist deines. Es sei denn, du und dein süßes Fellmonster zieht zu mir in den Pavillon. Dort wäre Platz für alle." Flavio warf das Stöckchen, das der aufgeregt tänzelnde Happy ihm vor die Füße gelegt hatte, in weitem Bogen durch den Park. „Ihr habt die Wahl."

Epilog

Strahlend rollte Enrico den Gästen voraus durch das riesige Atelier.

„Er darf heute nicht allein bleiben", hatte Bianca gesagt und darauf bestanden, den heutigen Glückstag im Atelier von Enrico zu feiern. In ihrer unkomplizierten Art hatte sie blitzschnell Getränke organisiert, wohl wissend, dass sich ihre Mutter punkto Kulinarik etwas einfallen ließ. Und richtig: Der große Tisch bog sich unter der köstlichen Last: Focacce, Pizzastücke, gefüllte Zucchiniblüten und Kuchen.

Sergio Sposato stand staunend vor den großformatigen Leinwänden und versuchte, seine Ratlosigkeit zu verbergen. „Stellen Sie sich einfach vor, es seien Grabsteine. So werden wir alle mal verewigt", kicherte Signora Umberto, die seinen Gesichtsausdruck richtig interpretiert hatte.

„Aber vorher fahren wir noch nach Kalabrien", mischte sich Mariapina ein. „Flavio und unsere Enkelin Chiara werden während der nächsten Wochen bei uns in der Mühle wohnen und sich um die Tiere kümmern", verkündete sie stolz.

Alessandra zwinkerte Flavio verschmitzt zu. Seine Eltern würden noch früh genug erfahren, dass sie beim Experiment Zoo mit von der Partie wäre. Er würde sich um seine Tochter, die Immobilienfirma und um den Umbau kümmern. Und sie würde, wenn Robertinos Schweinchen und die ganze Menagerie versorgt wären, ungestört schreiben können. Mit verträumtem Lächeln lehnte sie sich an die Wand. So schnell hatte der Wind gedreht.

„So einfältig guckt man nur, wenn man verliebt ist!", feixte Enrico und deutete mit einer Kopfbewegung Richtung Flavio, der in ein Gespräch mit seiner Schwester verwickelt war. „Er hat es also endlich eingesehen, dass du die Beste bist?" „Es ist ja nicht auszuhalten hier, dieses Strahlen. Zuerst hat es meine Assistentin und meinen Galeristen erwischt und nun auch noch meine Biografin. Nur ich bin leer ausgegangen." Theatralisch wischte er eine nicht existente Träne weg.

Alessandra beugte sich zu ihm hinunter und küsste ihn auf die Stirn. „Ach Enrico, dich hat es sehr wohl auch erwischt, hier in Ligurien. Du wirst von allen Seiten geliebt. Sogar vom Schicksal."

Abrupt drehte er seinen Stuhl um und rollte an den Gästen vorbei quer durchs Atelier in den dunkeln Flur. Alessandra folgte ihm und blieb auf der Türschwelle des kleinen Nordzimmers stehen. Sie beobachtete, wie er mit der Linken den Stapel der fertigen Blätter zitternd auseinanderschob und seine Arbeiten ausgiebig betrachtete.

„Ich denke, du kannst zufrieden sein mit dir!", flüsterte sie kaum vernehmlich.

Sie war sich nicht sicher, ob er sie gehört hatte. Aber er nickte.